Onderdanige Student en andere verhalen

Erika Sanders

Serie

Overheersing en erotische onderwerping

AF554996

@Erika Sanders, 2023

Omslagafbeelding: @ Engin Akyurt - Pixabay, 2023

Eerste editie: 2023

Alle rechten voorbehouden. Gehele of gedeeltelijke reproductie van het werk is verboden zonder de uitdrukkelijke toestemming van de auteursrechthebbende.

Korte inhoud

Dit boek bestaat uit de volgende verhalen:

Onderdanige Student is een roman met een sterk erotisch BDSM-gehalte en, op zijn beurt, een nieuwe roman die behoort tot de collectie Erotic Domination and Submission, een serie romans met een hoog romantisch en erotisch BDSM-gehalte.

(Alle personages zijn 18 jaar of ouder)

Opmerking van de schrijver:

Erika Sanders is een bekende internationale schrijfster, vertaald in meer dan twintig talen, die haar meest erotische geschriften, ver van haar gebruikelijke proza, ondertekent met haar meisjesnaam.

Inhoudsopgave:

ONDERDANIGE STUDENT EN ANDERE VERHALEN
ERIKA SANDERS

ONDERDANIGE STUDENT

EERSTE DEEL
AANBEVELINGSBRIEF

HOOFDSTUK I

Cynthia zat buiten het kantoor van de professor.

De eindexamens naderden, wat betekende dat de professor druk in de weer was met de studenten.

Hij wachtte minstens twintig minuten terwijl de deur van de leraar gesloten bleef.

Ik was een beetje zenuwachtig toen ik op deze leraar wachtte, die doorgaans streng was.

Toen de deur openging, zag hij de leraar praten met een andere leerling, die zich klaarmaakte om te vertrekken.

Cynthia stond op toen de andere student wegging, en de professor richtte zijn aandacht op haar.

Hij was een lange, goedgeklede man, getrouwd en ongeveer vijftig jaar oud.

'Cynthia, het is goed je te zien,' zei hij. "Heb je een date?"

'Nee. Het spijt me, professor. Dit is iets op het laatste moment.'

"Je kent vast mijn beleid wat betreft bijeenkomsten. Ik hoop dat er eerst een afspraak wordt gemaakt, anders staat er altijd een lange rij voor mijn deur."

Ze haalde diep adem in een poging vertrouwen te winnen.

'Dat besef ik. Maar er is hier momenteel niemand. Ik weet zeker dat je voor mij een uitzondering kunt maken.'

'Goed. Alleen maar omdat je een hardwerkende student bent. Kom binnen.'

Hij toonde een vreemde glimlach, gebaarde haar zijn kantoor binnen te gaan en sloot toen de deur.

De professor zat achter zijn bureau en Cynthia zat voor hem.

"Hoe kan ik u helpen?" ' vroeg hij, terwijl hij zich op zijn gemak voelde in zijn stoel.

"Nou, ik heb de laatste tijd veel nagedacht en besloten om me volgend jaar aan te melden voor de rechtenstudie. Ik heb de toelatingscursus al gevolgd en heb een hoge score weten te behalen. Mijn gemiddelde ligt ook boven een B+."

Hij knikte.

"Een interessante keuze. Ik denk dat je het heel goed zult doen op de rechtenstudie. Het is niet gemakkelijk, maar je hebt zeker de persoonlijkheid en het brein om het te doen."

'Dank je,' glimlachte hij.

'Ik neem aan dat je een aanbevelingsbrief van mij wilt?'

'Daarom ben ik hier. Jij bent de eerste leraar die ik ooit heb gevraagd, en ik hoop echt dat je het voor mij wilt doen.'

'Dus ik ben je eerste keuze? Waarom? Ik ben nieuwsgierig.'

Cynthia voelde zich een beetje geïntimideerd.

'Nou, hij heeft een geweldige reputatie op deze universiteit. En hij is ook afdelingsvoorzitter, wat volgens mij goed zal staan op mijn sollicitatie.'

'Ik heb ook connecties met de beste rechtenscholen. Wist je dat?'

Ze knikte verlegen.

'Ik wist het. Ik bedoel, ik hoorde het van andere studenten. Maar ik wist niet zeker of het waar was of niet.'

"Ik heb goede vrienden die in de toelatingscommissie zitten van enkele van de beste rechtenscholen. Daarom zijn mijn aanbevelingsbrieven erg nuttig."

'Zou je overwegen om mij een brief te schrijven?' vroeg ze op verlegen toon.

'Dat kan ik niet,' antwoordde hij botweg. "Helaas ben je te laat."

'Waarom? De deadline voor aanmelding voor rechtenstudies is begin volgend jaar.'

'Dat is waar. Maar ik schrijf aan het einde van elk semester maar twee aanbevelingsbrieven. Het is mijn persoonlijke beleid. Anders zou ik voor iedereen brieven moeten schrijven. Dan zouden mijn aanbevelingen nutteloos zijn, aangezien elke student van mij dat zou kunnen doen. Koop er een. Vind jij dat logisch, Cynthia?

"Heeft het."

"Als je eerder was gekomen, dan had ik het voor je gedaan. Je bent een van de meest capabele studenten die ik de afgelopen jaren heb gehad. En dat betekent veel, want deze universiteit zit vol met getalenteerde studenten." "

"Als je denkt dat ik een van je beste studenten ben, waarom kun je dan geen uitzondering voor mij maken?" smeekte ze.

'Dat heb ik je verteld. Mijn regel is twee aanbevelingen per semester. Ik volg altijd mijn regels. In al mijn jaren als docent heb ik nooit een uitzondering gemaakt. Nooit.'

Ze hield even haar hoofd gebogen, voordat ze haar kalmte herwon.

'Ik begrijp het,' antwoordde ze, terwijl ze zich klaarmaakte om te vertrekken. "Bedankt voor uw tijd, professor."

'Wacht,' zei hij en hield haar tegen. 'Je weet dat ik dit jaar met pensioen ga, toch?'

"Ja, ik heb het gehoord".

'Dit wordt mijn laatste les van het semester. Ik zou je begin volgend jaar een aanbevelingsbrief kunnen schrijven, en je zou je vóór de deadline kunnen aanmelden bij de rechtenfaculteit. Dat zou binnen mijn regels vallen.'

Cynthia glimlachte.

'Dat klinkt geweldig. Hartelijk dank, professor. Het betekent echt veel voor mij.'

'Ik zeg niet dat ik het zal doen. Ik zeg dat ik het kan.'

"O, dus wat moet ik doen?"

'Vertel me eerst eens waarom je rechten wilt gaan studeren. Wat is je uiteindelijke doel?'

Hij dacht even na over het schrijven van een goed antwoord.

"Nou, ik heb altijd al een carrière gewild waarin ik een groot pleitbezorger voor vrouwen kon zijn. Ik ben bijna klaar met mijn hoofdvak Vrouwen- en Genderstudies. Ik heb erover gedacht om journalist te worden, waar ik over verschillende onderwerpen zou kunnen rapporteren. Maar mijn ouders zeiden altijd tegen mij: "Ze hebben mij aangemoedigd om rechten te gaan proberen. Ik heb er het hele semester over nagedacht, aangezien ik bijna afstudeer. Na lang nadenken heb ik besloten dat rechten studeren iets voor mij is."

Hij knikte.

'Je hebt hier zeker goed over nagedacht.'

"Ja meneer, dat heb ik."

'Hoe zit het met je academische prestaties tot nu toe? Is er iets dat ik moet weten?'

Ze dacht weer bij zichzelf.

"Nou, ik heb in sommige van mijn lessen verschillende essays geschreven die zich richten op vrouwenrechten, gekleurde vrouwen en verschillende sociale kwesties in dit land en over de hele wereld. Ik heb voor allemaal een tien gekregen."

'Dat is niet verrassend. Je komt op mij over als een heel intelligent meisje. Dat vind ik leuk aan jou.'

'Bedankt,' bloosde ze.

'E-mail mij al die essays die u noemde. Ik wil ze graag bekijken voordat ik een beslissing neem.'

"Natuurlijk."

'Ik vind je echt leuk, Cynthia,' zei hij. "Ik denk dat je enorm getalenteerd bent. Vrouwen zoals jij zijn de toekomst van dit land. Als je mij ervan kunt overtuigen dat je echt geïnteresseerd bent in het veranderen van dingen, dan zal ik persoonlijk contact opnemen met mijn vrienden op de beste rechtenscholen en alles mogelijk maken." om je binnen te krijgen. Hoe klinkt dat allemaal in de oren?'

'Dat klinkt geweldig, professor,' zei ze met een stralende glimlach. "Ik weet zeker dat je onder de indruk zult zijn van wat ik te bieden heb."

'Daar twijfel ik niet aan. Als u mij wilt excuseren, ik heb over ongeveer vijf minuten een afspraak.'

'O natuurlijk. Hartelijk dank.'

Cynthia stond op en schudde zachtjes de hand van de professor terwijl hij achter zijn bureau bleef zitten.

Toen hij het kantoor verliet, deed hij zijn best om zijn opwinding te bedwingen.

HOOFDSTUK II

Toen Cynthia terugkeerde naar haar kleine appartement, ging ze regelrecht naar de kamer van haar kamergenoot en zag dat de deur wijd open stond.

Teresa lag in bed en gebruikte haar laptop om de laatste roddelsites te bekijken.

"Laten we eens kijken of je het kunt raden?" vroeg Cynthia retorisch. 'Eigenlijk zal ik het je eerlijk vertellen. Hij stemde ermee in een aanbevelingsbrief voor mij te schrijven. Kun je het geloven?'

Cynthia kwam de kamer binnen en ging op het bed van haar kamergenoot zitten.

"Dat is geweldig! Hoe was het om alleen met hem te zijn? Was het ongemakkelijk? Die kerel is zo stoer."

"Het was absoluut intimiderend, dat kan ik je vertellen."

'En hij stemde ermee in je een brief te schrijven?' vroeg Teresa. "Ik heb zoveel verhalen gehoord over slimme studenten die worden afgewezen door idioten zoals hij."

'Ik heb hem in een goed humeur betrapt, denk ik,' haalde Cynthia haar schouders op. "Maar het zal een moeilijk proces worden. Hij wil nog even met mij praten en dan zal hij mij volgend jaar een brief schrijven."

'Volgend jaar? Ik heb gelezen dat als je je vroegtijdig aanmeldt voor de rechtenstudie, je een klein toelatingsvoordeel krijgt.'

Cynthia glimlachte.

'Dat weet ik. Maar hij heeft connecties met enkele van de beste rechtsscholen. Hij zei ook dat hij bereid zou zijn namens mij persoonlijk contact met hem op te nemen, als ik hem ervan kan overtuigen dat ik het waard ben.'

"Oh wauw! Dat is geweldig."

Teresa leunde naar voren en gaf haar vriendin een dikke knuffel.

"Bedankt."

'Hoe ga je hem precies overtuigen? Die kerel is niet makkelijk te plezieren.'

Cynthia haalde haar schouders op.

"Ik denk dat ik hem een paar oude essays moet laten zien die ik heb geschreven. Hij was een beetje vaag over de hele zaak. Maar ik ben er vrij zeker van. Ik denk dat hij me echt leuk vindt. Hij zei veel aardige dingen." ."

"Nou, als iemand het verdient om te profiteren van zijn connecties, dan ben jij het wel."

'Bedankt. Ik duim voor je. Ik hoop alleen dat hij niet van gedachten verandert.'

"Dat zou de grootste lulbeweging ter wereld zijn als ik van gedachten zou veranderen," antwoordde Teresa. 'Maar je weet het nooit. Maar je kunt op geen enkele manier van gedachten veranderen.'

Cynthia glimlachte.

'Je hebt gelijk. Maar ik moet nog steeds indruk op hem maken. Ik zal doen wat nodig is. Geloof me.'

"Ik denk het wel."

HOOFDSTUK III

Het was laat op de avond toen Cynthia al klaar was met het doornemen van haar oude dossiers.

Ze had alle best beoordeelde essays die ze had geschreven georganiseerd.

Vervolgens voegde hij ze toe aan een bestand.

Ook legde hij de laatste hand aan zijn eindwerkstuk voor de klas van de professor.

Ze las het uiteindelijke artikel verschillende keren om er zeker van te zijn dat het perfect was.

Dit was haar kans om indruk te maken op de man die mogelijk de sleutels van haar toekomst in handen had.

Hij voegde alles toe in een e-mail en schreef een bericht aan de professor:

"Hallo leraar,

Ik hoop dat het goed met hem gaat. Hartelijk dank voor uw ontmoeting vandaag. Ik weet dat je een extreem druk persoon bent. Ik heb alle essays die ik wilde zien bijgevoegd. Ik heb een A voor ze allemaal.

Ik heb ook mijn eindproject voor zijn klas bijgevoegd, dat ik van tevoren heb voltooid. Ik hoop dat alles naar tevredenheid is. Laat het me weten als u nog iets van mij nodig heeft of als u elkaar nog eens wilt ontmoeten om iets te bespreken dat verband houdt met de aanbevelingsbrief. Ik waardeer dit allemaal enorm.

Al het beste,

"Cynthia"

Hij stuurde de e-mail en ze slaakte een zucht van verlichting.

Ze had een aantal uren achter haar computer gezeten, met heel weinig rust, om de documenten zo snel mogelijk naar de professor te sturen.

Toen er nog tijd over was voor het eten, controleerde Cynthia haar Facebook-updates om te zien wat er nieuw was in haar sociale kring.

Er is een binnenkomende e-mail binnengekomen.

Het was een reactie van de docent:

'Tot ziens in mijn kantoor. Maandag om negen uur in de ochtend."

Cynthia was een beetje perplex door de cryptische en korte antwoordmail van de professor.

Ze vroeg zich af of hij zelfs maar de moeite had genomen om naar de bijgevoegde documenten te kijken, vanwege zijn snelle reactie en of hij de afgelopen uren voor niets zo hard had gewerkt.

Op dat moment ontving hij nog een e-mail.

Het was weer een reactie van de leraar:

"We zullen de voorwaarden van de aanbevelingsbrief bespreken."

Dit was de boodschap die ze wilde.

Ze glimlachte bij zichzelf, wetende dat de connecties van de professor met de beste rechtsscholen binnen handbereik waren.

Jaren van hard werken wierpen eindelijk hun vruchten af.

Het enige wat hij hoefde te doen was doen wat de leraar wilde.

TWEEDE DEEL
STUDENT BESLIST

HOOFDSTUK I

Maandag.

Vroeg in de morgen.

Cynthia stond buiten het kantoor van de professor te wachten in een semi-formeel pak.

Ze wilde verfijnd overkomen op de leraar.

Ze wilde bewijzen dat ze het waard was.

Hij arriveerde precies om negen uur in de ochtend.

Hij had een kleine, gewone papieren zak in zijn hand en keek nauwelijks naar Cynthia toen ze opstond om hem te begroeten.

Ze schudden elkaar de hand, waarna hij de deur van het kantoor opende en haar binnenliet.

Toen sloot hij de deur.

De situatie was enigszins ongemakkelijk toen de professor zijn bureau klaarmaakte en zijn computer aanzette, terwijl hij blijkbaar de student negeerde die voor hem in de kamer stond.

'Ik hoop dat je een goed weekend hebt gehad,' zei ze, waardoor de spanning werd verbroken.

De professor zat achter zijn bureau en Cynthia zat voor hem.

"Ik heb een geweldig weekend gehad", reageerde hij. 'Het grootste deel van mijn tijd besteedde ik aan het sorteren van papieren. Maar ik had ook tijd voor andere bezigheden. En jij?'

'Voornamelijk schoolwerk. Ik heb hard gestudeerd voor de examens en werkstukken geschreven voor andere vakken.'

Hij knikte.

"Zoals het hoort te zijn."

'Daarover gesproken: heb je de documenten gelezen die ik je heb gestuurd?'

'Nee, dat heb ik niet gedaan,' antwoordde hij botweg.

"Oh, ik dacht dat ik ze nodig had..."

'Ik ga er niet naar kijken, Cynthia. Ik heb geen interesse in het lezen van je essays voor andere lessen. Daar heb ik geen tijd voor.'

'Betekent dit dat je mij de aanbeveling geeft zonder dat je ze hoeft te lezen?' vroeg ze voorzichtig.

"Antwoordde niet. "Je moet het nog steeds verdienen."

"Wat moet ik dan doen?"

Hij keek haar met een scherpe blik aan.

'Ben jij een discreet persoon, Cynthia?'

"Wat betekent het?"

"Ben jij in staat een geheim te bewaren?"

"Ik ben altijd een betrouwbaar persoon geweest. Waarom?"

'Ik ben erg geïnteresseerd in je,' zei hij. "Ik ben geïntrigeerd door jou. Maar je moet me beloven dat alles wat we bespreken vertrouwelijk zal blijven. Kun je dat doen? Als dit allemaal lukt, beloof ik dat ik mijn best zal doen om je naar welke school dan ook te krijgen." je wilt. En ik kom altijd mijn beloften na.'

Cynthia haalde diep adem en probeerde haar kalmte te bewaren.

Ze wist niet zeker waar het gesprek heen ging, maar de uitkomst vond ze wel leuk.

Ze wilde zijn hulp.

'Dat beloof ik. Alles wat we bespreken zal geheim blijven.'

Hij knikte langzaam.

"Ik ben blij dat te horen."

'Mag ik vragen waar dit over gaat? Ik begrijp nog steeds niet wat je van me wilt.'

'Je hebt drie van mijn cursussen gevolgd, toch?'

"Zo is het."

'Je hebt me altijd geïntrigeerd,' zei hij. "Sinds de dag dat we elkaar ontmoetten, heb ik je een interessant persoon gevonden. En ik heb altijd met plezier je essays gelezen. Eerlijk gezegd lees ik soms nog steeds je essays. Jouw gedachten over vrouwenrechten en de seksuele vrijheden van vrouwen zijn behoorlijk diepgaand."

"Dank mijn Heer".

'Ik heb een taak voor je,' zei hij. 'Het staat totaal niet op de agenda. Niemand zal het ooit weten. Het is uiteraard optioneel. Maar als je het doet, geef ik je automatisch een tien in mijn klas en help ik je om naar een vooraanstaande rechtenstudie te gaan.'

Cynthia knikte aarzelend.

"Goed."

'Het is een leesopdracht. Ik wil dat je de stof leest die ik je opdraag. En morgen wil ik dat je hier om negen uur 's ochtends weer klaar bent om het te bespreken.'

De professor pakte de bruine papieren zak en plaatste deze op zijn bureau voor Cynthia.

"Waar gaat de leesopdracht over?" vroeg ze perplex.

"Alles in deze tas is voor jou. Beschouw het als een geschenk. Maak hem pas laat in de avond open. En ik wil dat je het gemarkeerde verhaal leest voordat je gaat slapen. Ik wil je inzicht vanwege je interessante kijk op de wereld. problemen van vrouwen. Kun je dit voor mij doen?"

"Kan."

'Goed,' knikte hij. 'Als u mij nu wilt excuseren, ik heb een drukke dag. Ik weet zeker dat u het vandaag ook druk heeft .'

"Dank u wel professor."

Cynthia stond op en schudde de hand van de professor.

Vervolgens pakte hij de bruine tas en verliet het kantoor.

Hij nam niet de moeite om in de tas te kijken.

Ik was te bang om te kijken.

HOOFDSTUK II

Die nacht lag Cynthia in bed met de lichten nog aan.

Hij was net klaar met zijn strenge avondstudieroutine.

Zijn ogen deden pijn.

En ze was mentaal uitgeput.

Hij keek naar de tafel naast zijn bed en zag de bruine tas.

Hij was het bijna vergeten.

De avond was dus nog niet voorbij.

Hij ging op het bed zitten en pakte de tas.

Toen Cynthia de tas opende, schrok ze van wat ze zag.

Er was een roze dildo van middelmatige grootte, die de vorm had van de penis van een man.

Hij pakte het op en keek ernaar, zich afvragend of het een vergissing was.

Misschien heeft de leraar mij de verkeerde tas gegeven?

Waarom heeft hij dit?

Maar hij concludeerde dat er geen sprake was van een vergissing.

De professor was te precies en intelligent om dit soort fouten te maken, vond hij.

Ze legde de dildo op haar bed en stak haar hand in de bodem van de tas.

Het enige dat er was, was ook een heel groot boek.

Het was oud en versleten.

Ze keek naar de omslag.

Het was een verzamelboek met verschillende BDSM-verhalen.

Hij wierp een blik op de index en zag dat alle verhalen over seks gingen.

En niet zomaar elke vorm van seks, maar verhalen over overheersing en onderwerping.

"Dit is seksuele intimidatie!" Gedachte.

Cynthia sloot het boek en legde het op de nabijgelegen tafel.

Ik was boos, geschokt en verdrietig.

Ze wist niet hoe ze zich moest voelen.

Toen herinnerde hij zich de opmerking van de leraar, dat lezen optioneel was.

Ze dacht dat ze moest doen wat hij vroeg.

Maar dan zou ze ook niets krijgen.

Nadat hij even had nagedacht, besefte hij dat er geen schade was.

Het was maar een boek.

Hij hoefde alleen maar te lezen wat hij gescoord zou hebben en dit met de docent te bespreken.

Dan zou ze de hulp van de leraar krijgen.

De dildo zou later in de prullenbak belanden, waar hij thuishoorde.

Na diep adem te hebben gehaald, pakte ze het boek en leunde op het kussen om zich op haar gemak te voelen. In het midden van het boek zat een bladwijzer. Hij opende het en vond het verhaal dat de leraar hem had opgedragen.

Ze begon te lezen.

~~~

Samenvatting van het verhaal:

Erika was een onafhankelijke vrouw, kunstenaar en feministische activiste voor vrouwenrechten.

Hij runde een succesvolle kunstgalerie in het stadscentrum.

Hij wordt benaderd door een man genaamd Robert, die aanbiedt hem wat van zijn eigen werk te verkopen.

Hij laat haar foto's zien en zij is erg onder de indruk van de schilderijen die op zijn foto's voorkomen.

Maar als ze zijn kleine studio bezoekt, ontdekt ze dat het grootste deel van zijn werk gerelateerd is aan BDSM en dat dat niet op zijn foto's te zien is.
~~~

Aan de muur hingen foto's van vastgebonden en genotvolle vrouwen.

Erika vertelt Robert beleefd dat ze het niet eens is met de inhoud van zijn schilderijen, en slaat vervolgens zijn aanbod om een kunstwerk te kopen af.

Dagen later blijft Robert verzoeken om een zakelijke relatie met haar.

Hij e-mailt haar meer van zijn foto's, waarop deze keer de vrouwen vastgebonden en gekneveld te zien waren.

Dan waren er foto's van vrouwen in verschillende staten van intens orgasme.

Erika voelde zich in conflict met de beelden.

Ze vond ze onzedelijk, maar wel van goede smaak.

Ze waren op de een of andere manier zeker stimulerend voor haar.

Ze was geïntrigeerd.

Ze stemde ermee in hem opnieuw te ontmoeten om een mogelijke deal te bespreken.

In zijn kleine studio overtuigde Robert haar ervan dat BDSM niet zo slecht was.

Hij overtuigde haar ervan dat het iets moois was en dat vrouwen er veel plezier aan beleefden.

Erika was sceptisch, maar stemde er op verzoek van Robert mee in om lichte slavernij te ervaren.

Dat opende de deur voor hem om Erika als zijn nieuwe BDSM-fetisj te hebben.

~~~

Na het lezen van het verhaal was Cynthia enigszins opgewonden.

Met de stress van de komende eindexamens was seks het laatste waar ik aan dacht, maar de geschiedenis heeft daar verandering in gebracht.

Ze was nat tussen haar benen.
~~~

Ik was gefascineerd door de personages.

Ze raakte in de ban van het idee dat het vrouwelijke personage in het verhaal werd vastgebonden en seksueel werd gebruikt.

Opeens leek de bruine zakdildo niet meer zo'n slecht idee...

HOOFDSTUK III

De volgende dag.

Cynthia zat voor het bureau van de leraar.

Hij keek haar alleen maar aan zonder een woord te zeggen.

Hij nam nog een slok van zijn koffie.

Hoe langer de stilte duurde, hoe ongemakkelijker haar hereniging werd.

'Ik wil weten hoe je je voelde,' zei hij, de stilte verbrekend. 'Ik wil tot in de kleinste details weten hoe je geest werkt. Vind je dat goed?'

"Ik ben."

'Heb je het verhaal gelezen dat ik je heb opgedragen?'

'Ja hoor. Ik vond het goed geschreven.'

"Wat dacht je er verder van?" vroeg. "Wat vond je van de evolutie van de hoofdpersoon?"

Cynthia zweeg even.

"Ik denk dat de evolutie van het hoofdpersonage voor veel mensen gebruikelijk is. Ik heb door de jaren heen veel onderzoek gedaan naar seksualiteit. Mensen ontdekken hun hele leven voortdurend hun fetisjen. Er is absoluut niets mis met seksuele verkenning." mens zijn."

'Denk je dat dat verhaal realistisch was? Denk je dat zoiets zou kunnen gebeuren met een vrome feministe?'

"Waarom niet?" Ze heeft geantwoord . "Het personage in dat verhaal is menselijk, net als ieder ander. Het feit dat ze een feministe is, heeft waarschijnlijk het taboe aangewakkerd om onderdanig te zijn aan een dominante man. Het feit dat iemand een feministe is, betekent niet dat ze niet van een bevredigend seksleven kunnen genieten." . ".

Hij glimlachte.

'Je bent een heel intelligent meisje. Ik luister graag naar je inzicht.'

'Betekent dit dat ik uw aanbeveling heb verdiend?'

'Nog niet. Ik wil weten of je het speeltje hebt gebruikt dat ik je heb gegeven. Heb je het op jezelf gebruikt terwijl je het verhaal aan het lezen was? Of heb je het daarna gebruikt?'

Er verscheen een verbijsterde blik op zijn gezicht.

"Wat betekent het?"

"Heb je de dildo voor jezelf gebruikt?"

'Ik... ik begrijp niet dat dat jouw zaken zijn.'

'Wat je zegt, zal vertrouwelijk zijn. Aan het einde van het jaar ga ik met pensioen, weet je nog? Over een paar weken zul je me niet meer zien.'

Ze dacht even na.

"Ik heb de dildo bij mezelf gebruikt nadat ik het verhaal had gelezen."

"Wat dacht je?"

'Over de hoofdpersoon aan het einde van het verhaal. Je weet wel, vastgebonden zijn.'

"Heb je altijd al een bondagefetisj gehad?" hij vroeg .

'Ik denk niet dat dit gepast is. Ik heb alles al gedaan wat je vroeg.'

‘We hebben nog tijd genoeg’, antwoordde hij. "Je bent een heel bijzonder meisje. Je werkt hard en bent heel vastberaden. Ik waardeer die kwaliteiten en ik wil dat je de geneugten van het leven ervaart. Ik probeer je niet voor de gek te houden. Je moet mij hierin vertrouwen."

"Wat wil je van me?"

'Op dit moment geef ik je een andere taak.'

"Zal het de laatste zijn?"

'Misschien,' antwoordde hij. 'Op dit moment heb je een tien in mijn klas. Dat is alles. Als je naar me luistert, zal ik mijn connecties namens jou gebruiken.'

‘Goed,’ knikte ze.

"Lees het zevende verhaal in dat boek. Dan wil ik dat je masturbeert met de dildo. Morgen zien we elkaar weer. We zullen over het verhaal praten. En ik wil dat je me alles vertelt over je orgasme. Kun je dat doen?" "

"Ja."

'Mooi. En we ontmoeten elkaar niet in mijn kantoor. Ik stuur je morgenochtend de vergaderlocatie. Begrepen?'

'Beloof je dat je je connecties voor mij zult gebruiken?'

"Ik beloof."

"Dan is het een afspraak."

DERDE DEEL
VERREDEN ONDERSTE DEEL

HOOFDSTUK I

Later diezelfde avond.

Cynthia en Teresa deden na het eten samen de afwas.

Ze hadden ook samen gekookt.

Nadat ze de vaat had afgedroogd en op het rek had geplaatst, legde Teresa de handdoek neer en leunde tegen het aanrecht.

'Dit is de ergste laatste week van mijn leven,' kreunde Teresa. "Waarom moest ik biologie studeren?"

'Omdat je goede dingen met je leven wilt doen. Het zal de moeite waard zijn.'

"Dus je denkt?"

'Ik hoop het,' zei Cynthia schouderophalend.

"Nou, dat is geruststellend."

Cynthia leunde ook tegen het aanrecht en keek naar haar beste vriendin.

'Ik kan niet geloven hoe ver we zijn gekomen', zei hij. 'Toen we jong waren, praatten we altijd over volwassen zijn. Kijk nu eens naar ons. We staan op het punt een geweldige carrière te hebben.'

Teresa glimlachte.

'Nog één semester en dan zijn we geen huisgenoten meer. Ik moet huilen als ik eraan denk.'

'Het komt wel goed met ons. Dat is het beste.'

Teresa knikte met haar hoofd.

'Je hebt gelijk. Zoals de zaken er nu voorstaan, ga je naar de beste rechtenfaculteit van het land.'

"Die deal is nog niet gemaakt."

'Wat is er eigenlijk met die kerel aan de hand? Waarom schrijft hij dat verdomde ding niet gewoon op en maakt het af, zoals een normale professor?'

'Hij wil gewoon grondig zijn, dat is alles,' antwoordde Cynthia. 'Ik denk dat we zullen afronden na nog een ronde vragen over mijn academische geschiedenis en mijn toekomstige doelen. En dat soort dingen.'

'Als ik niet beter wist, zou ik zeggen dat die kerel geïnteresseerd is om iets met je te hebben,' antwoordde Teresa met een slechte woordspeling.

"Waarom zeg je dat?"

'De manier waarop hij je in de klas roept. De manier waarop hij naar je kijkt. Voor mij is het in ieder geval nogal duidelijk.'

'Hij behandelt iedereen hetzelfde in de klas. Bovendien is hij getrouwd.'

'Het is vreemd dat ik de laatste tijd zoveel tijd met je doorbreng,' merkte Teresa op. "Ben je toevallig verliefd op hem?"

"Nee!" Cynthia reageerde geamuseerd en geschokt. "Hoe kun je zoiets zeggen?"

Teresa trok een grappig gezicht.

'God. Ik vroeg het me gewoon af. Jezus. Wees niet zo defensief.'

'Hoe dan ook, er is straks nog genoeg tijd om hier grapjes over te maken. Nu moet ik studeren. Je bent niet de enige met brute examens.'

'Dan kunnen we beter naar de boeken gaan.'

"Zo is het."

HOOFDSTUK II

Nadat ze de deur had gesloten, lag Cynthia comfortabel op het bed, leunend tegen het kussen.

Het was zijn favoriete plek om te studeren.

Ze bladerde snel door de boeken en aantekeningen van haar lessen.

Ze was al voorbereid en alles lag voor op schema.

Hij sloot de stof en liet zijn ogen even rusten.

Het huiswerk van de leraar liet nog op zich wachten.

Hij vroeg zich even af of Teresa gelijk had dat ze een beetje verliefd op hem begon te worden.

De macht die hij over haar had was een groot taboe.

Cynthia legde haar schoolspullen opzij en pakte het grote BDSM-boek. Hij keerde terug naar zijn comfortabele positie op het bed en opende het boek bij verhaal zeven.

Hij begon te lezen.

~~~

Samenvatting van het verhaal:

Samantha was een succesvolle zakenvrouw.

Ze had een groot kantoor in een bedrijfskantoor.

Hij was eraan gewend geraakt bevelen te geven aan sterke mannen.

Het bedrijf waarvoor hij werkte, was overgenomen door een ander bedrijf.

Plotseling had ze een nieuwe mannelijke baas.

Samantha's nieuwe baas was heel anders dan iedereen met wie ze in het verleden had samengewerkt.

De nieuwe baas liet zich niet intimideren door haar of haar schoonheid.
~~~

Hij straalde zelfvertrouwen uit en Samantha's sexappeal werkte niet bij hem.

Hij vestigde zich onmiddellijk als de verantwoordelijke persoon.

Hij vestigde zich als hun meerdere.

Tegen het einde van het verhaal kreeg ze wekelijks bezoek van hem in haar privékantoor om hem te laten weten dat ze onderdanig was.

Samantha merkte dat ze vastgebonden en geslagen werd op haar eigen bureau.

Hij gebruikte het gat dat het beste bij hem paste.

Soms neukte hij haar mond, andere keren neukte hij haar anaal.

Dit was zijn nieuwe rol in het bedrijf.

~~~

Cynthia sloot het boek en spreidde haar armen en benen op het bed.

Er was een tintelend gevoel tussen haar dijen.

Diep van binnen voelde ze zich schuldig omdat ze opgewonden raakte van een verhaal waarin een man een sterke vrouw seksueel degradeerde.

Maar ze was toch opgewonden.

De taak van de leraar was duidelijk: hij wilde dat ze de dildo gebruikte.

Hij reikte in zijn la om het seksspeeltje te pakken.

Daarna trok hij zijn onderkleding volledig uit.

Ze lag op bed met haar benen gespreid en begon haar kutje met haar vingers te strelen.

Toen ze voldoende opgewonden en nat was, stopte hij het seksspeeltje erin.

Het speeltje ging in en uit haar kutje.

Hij hield zijn ogen gesloten.

Ze stelde zich obscene gedachten voor van het vrouwelijke personage in het boek dat oraal werd geneukt terwijl ze vastgebonden was aan haar bureau.
~~~

Ze probeerde haar masturbatie stil te houden, zodat Teresa haar niet zou horen.

Zijn geest was bezig, net als zijn vingers die het seksspeeltje begeleidden.

Het duurde niet lang voordat zijn tenen zich krulden en zijn rug licht gebogen was.

Ze sloot haar mond om geen luide kreunende geluiden te maken.

Ze kwam.

Toen ontspande zijn lichaam zich en ging hij met een gevoel van geluk op bed liggen.

Het was een hele vieze fantasie geweest.

Had ik dit maar eerder ontdekt...

HOOFDSTUK III

De volgende dag.

Het was acht uur in de ochtend.

Cynthia had de instructies opgevolgd die de professor haar per e-mail had gestuurd.

Ze droeg een mooie top met knopen en een kantoorachtige kokerrok.

In plaats van elkaar in zijn kantoor te ontmoeten, ontmoetten ze elkaar buiten een leeg klaslokaal, dat hij met zijn sleutel opendeed.

Hij had een papieren zak bij zich.

Toen ze het klaslokaal binnenkwamen, deed hij de deur op slot.

'Ga zitten,' zei hij, terwijl hij de lichten aandeed.

'Ik ben een beetje zenuwachtig vandaag,' zei Cynthia bijna speels terwijl ze door de lege kamer liep.

"Omdat?"

'Alles wat we hebben gedaan. Dit klaslokaal.'

'Wees niet zenuwachtig,' antwoordde hij. 'Dat hoeft niet zo te zijn.'

"Ik hoop het niet."

Cynthia zat op de eerste rij van het grote klaslokaal.

'Goede keuze,' glimlachte hij. "Goede meisjes zitten altijd op de eerste rij. Ik hou van goede meisjes."

"Heb je dit eerder gedaan?"

"Wat gedaan?"

"Dit," antwoordde ze. 'Heb je andere studenten seksuele dingen voor je laten doen in ruil voor je aanbevelingsbrief of een goed cijfer?'

'Ik heb een prestigieuze academische carrière, Cynthia. Ik zou mijn reputatie niet op het spel zetten door gunsten van willekeurige studenten in te roepen.'

"Waarom doe je mij dit dan aan?"

'Omdat je speciaal bent,' zei hij botweg. "Je hebt me geïntrigeerd sinds de eerste keer dat ik je zag. Je hebt me geïntrigeerd elke keer dat je in de klas spreekt en elke keer dat ik je werk lees. Je bent een bijzonder persoon. En je bent de mooiste leerling die ik ooit heb gehad."

'Vleiende woorden, maar hoe weet jij dat ik geen klacht tegen je ga indienen wegens seksuele intimidatie? Ik heb het eerder met andere mannen gedaan.'

'Dat zal niet gebeuren. Je bent te vastbesloten om hier nu een einde aan te maken. Ik heb iets wat je heel graag wilt. Moeten we nu beginnen? Hoe eerder we beginnen, hoe eerder we klaar zijn.'

Ze knikte langzaam.

"Vooruit."

'Heb je het verhaal gisteravond gelezen?'

"Ik heb het gedaan."

"Wat denk jij ervan?"

Ze dacht even na.

"Ik vond het spannend. Ik had nog nooit dat soort dingen gelezen. Ik vond altijd dat seks gelijk moest zijn tussen mannen en vrouwen. Alles zou gelijk moeten zijn. En uiteraard liggen mijn politieke voorkeuren aan de feministische kant. Maar het was heel spannend om het te lezen. Ik vond het geweldig. "

"Ik neem aan dat je weer met de dildo hebt gemasturbeerd."

"Ik deed."

'Waar heb je specifiek aan gedacht toen je het deed?' vroeg.

"Het vrouwelijke personage zit vastgebonden aan haar bureau. Ze wordt gebruikt. Dat soort dingen. Dat was het meest erotische deel van het verhaal."

De professor gebaarde naar zijn bruine tas.

"Ik dacht dat je dat tafereel wel leuk zou vinden. Gelukkig was ik voorbereid. En gelukkig zitten we in een leeg klaslokaal met een groot bureau. Wil je eens experimenteren met iets nieuws?"

"Dat denk ik niet ..."

"De deur is gesloten Cynthia. Niemand zal het ooit weten. En ik zal het nooit vertellen. Ik heb te veel te verliezen. Eind dit jaar ga ik met pensioen en hoef je me nooit meer te zien. Ik kan je ook helpen met beurzen en andere manieren om je opleiding betaalbaarder te maken. We kunnen elkaar helpen."

Hij worstelde even emotioneel.

'Ik weet het niet. Zo iemand ben ik niet.'

"Ik zal al het werk doen. Jij hoeft niets te doen. Ik ga je niet oraal of vaginaal penetreren. Ik wil alleen maar ontdekken."

"Wat als ik wil stoppen?" zij vroeg.

"Dan zullen we stoppen."

"OKÉ."

'Kom naar voren in de klas. Ga met je buik op de lerarentafel liggen.'

Cynthia stond op en liep naar de hoofdtafel.

Ze deed haar best om een dapper gezicht op te zetten.

Het was een grens waarvan ze nooit had gedacht dat ze die met een man zou overschrijden, maar dat was ze wel.

Ze was bereid haar lichaam te laten gebruiken door een veel oudere lerares, allemaal ter bevordering van haar opleiding.

Ze zwoer bij zichzelf dat niemand dit ooit zou weten.

Hij liet zijn buik en borst op de tafel rusten, met zijn gezicht naar het lege klaslokaal.

Ze sloot haar ogen, bijna in een staat van schaamte.

Ze hoorde de professor achter haar lopen.

Toen voelde ze zijn handen zachtjes langs haar kokerrok op kantoor glijden en hem optillen.

'Ontspan,' zei hij. 'Ik zal aardig tegen je zijn. Bij mij ben je veilig.'

De lerares trok zachtjes haar slipje naar beneden en ze tilde elke voet op, zodat hij ze kon uittrekken.

Ze voelde zich kwetsbaar en bloot, met haar jurk opgetrokken en geen slipje.

Hij hoorde de papieren zak krakend opengaan.

Ze bleef haar ogen dichtknijpen.

Ik was te bang om te kijken.

Toen voelde hij dat zijn enkels vastgebonden werden met een zacht touw.

Ze verzette zich niet en maakte geen bezwaar.

Het gebeurde heel snel.

Voordat ze er twee keer over nadacht, waren haar enkels vastgebonden aan het uiteinde van de tafelpoten.

De professor liep rond de tafel en herhaalde het proces met zijn polsen.

In een even snel proces werden Cynthia's polsen aan het uiteinde van de tafel vastgebonden.

Ze was volledig in bedwang gehouden en vastgebonden.

'Ontspan alsjeblieft,' zei hij. "Op die manier zullen de dingen gemakkelijker zijn."

De leraar sloeg zachtjes op Cynthia's blote billen.

Het was een schok en een verrassing voor haar.

Het zorgde ervoor dat zijn ogen groter werden.

Zelfs toen ze klein was, was ze nog nooit geslagen.

Het was een nieuwe sensatie.

Voordat ze de situatie emotioneel kon verwerken, kwam er nog een klap.

Dan een andere.

De zachte klappen werden steeds harder.

De spankings begonnen te echoën in het grote klaslokaal van de universiteit.

"Hoe voel je je?" vroeg hij vaderlijk aan hem. "Kan jij dit aan?"

"Het prikt een beetje."

"Het is snel voorbij. Hoe eerder je klaarkomt, hoe eerder we klaar zijn."

Zijn ogen bleven wijd open.

Hoe lang duurt het voordat ik klaarkom?

Hij was van plan haar een orgasme te bezorgen, maar zij verzette zich niet.

Ze vocht niet terug.

Ze zei niet dat hij moest oprotten.

Haar feministische waarden waren aan het eroderen, en diep van binnen vond ze het leuk.

Hij hoorde het geluid van de professor die zijn hand in zijn bruine tas stak.

Ik was zenuwachtig en wist niet wat ik kon verwachten.

Toen hij de tas liet vallen, ontdekte ze waar ze naar op zoek was.

Er volgde nog een klap op haar blootliggende achterste.

Het was niet met zijn hand.

Nu had ik een kleine rubberen schep.

De schop deed meer pijn dan zijn blote hand.

Ik had een prikkend gevoel.

Hij bleef haar blote kont beuken.

Het begon meer pijn te doen.

Zijn kont werd helder rood.

Ze beet op haar onderlip en probeerde niet te huilen als een dom klein meisje.

Ze wilde niet zwak lijken tegenover haar dominante en sterke leraar.

De pijn groeide.

De leraar bleef harder en sneller slaan.

Ze wilde huilen.

Plotseling stopte hij.

Ze luisterde hoe hij de peddel op tafel plaatste, en toen knielde hij neer om zachtjes haar brandende billen te strelen.

Hij wreef er zachtjes over.

Hij gaf haar zachte kusjes.

Toen reikte hij naar beneden en speelde met haar gezwollen clitoris.

"O..." kreunde ze.

Ze kon het maken van geluiden tijdens het slaan vermijden, maar niet vanwege de directe stimulatie van haar gezwollen clitoris.

De professor wreef met twee vingers in een snelle cirkelvormige beweging over haar clitoris.

Met zijn andere hand bleef hij haar pijnlijke billen strelen.

Hij bleef haar kont zachtjes kussen alsof hij haar aanbad.

Hij gaf er zelfs een paar likjes aan.

"Ik denk dat ik ga klaarkomen," gaf ze beschamend toe.

"Kom voor mij klaar, lieverd. Wees mijn kleine sekskatje en beleef een heerlijk orgasme."

Hij drukte zijn gezicht tegen haar zere billen en bleef woedend over haar klitje wrijven.

Cynthia's ogen rolden terug.

Zijn mond stond wijd open.

Zijn lichaam spande zich.

De spieren in zijn rug en benen spanden zich samen, maar hij kon zich onmogelijk bewegen omdat zijn ledematen aan het bureau waren vastgebonden.

Zachte kreunen ontsnapten uit zijn mond.

Al snel stroomde er een kleine rivier van heldere vloeistoffen uit haar hete poesje.

De professor stopte zijn bewegingen niet met zijn vingers totdat alles eruit was.

Toen gaf hij haar kont nog een kus.

De professor stond op en kuste Cynthia op de zijkant van haar gezicht.

Hij kuste haar haar ook een paar keer.

Toen de professor Cynthia losmaakte, ging ze in foetushouding op de grond zitten.

Zijn lichaam voelde aan als gelei.

Zijn kracht was verdwenen.

De professor zat naast haar op de grond.

'Je bent geweldig,' zei hij. "Echt prachtig."

"Is dat wat je wilde?" antwoordde ze met een diepe zucht.

'Het was meer dan ik wilde. Je bent echt geweldig.'

'Betekent dit dat we klaar zijn?' ' vroeg ze, niet zeker of hij wilde dat er een einde aan zou komen of niet.

"Nee. We zijn nog niet eens klaar. Vanaf nu heb je een A+ behaald in mijn klas. Maar je hebt mijn connecties nog niet verdiend. Als je doorgaat, zal ik mijn best doen om je te krijgen naar de rechtenfaculteit van jouw keuze. En ik zal je helpen studiebeurzen te krijgen waarmee je alles kunt betalen.'

"Dat moet ik doen?"

'Nu wil ik dat je doorgaat met studeren voor je andere examens. Je bent een type A-student. Je moet je ook zo gedragen.'

"En dan?" zij vroeg. 'Wat gebeurt er nadat hij de examens heeft afgelegd?'

'Ben je van plan ergens heen te gaan? Woon je in de buurt van het huis van je familie? Of verblijf je in een gemeenschappelijke slaapzaal?'

'Ik deel een appartement met mijn kamergenoot. We gaan allebei naar huis na de finaleweek. Er staan vluchten gepland. Waarom?'

De professor streek met zijn hand door zijn haar.

'Annuleer uw vlucht. Verplaats deze een paar dagen later.'

'Maar mijn familie? Ze verwachten mij binnenkort thuis.'

'Ik heb maar een paar dagen nodig. Vertel ze dat je een belangrijk project voor school aan het afronden bent. Ze zullen het begrijpen.'

"Wat gaan we doen?" zij vroeg.

"Als je huisgenoot vertrekt, wil ik je appartement bezoeken. Ik wil zien hoe je leeft. Ik wil de tijd voor je nemen. Ik wil dat we samen alleen zijn. Ik ben op persoonlijk vlak nieuwsgierig naar je. Als Ik heb al eerder gezegd dat ik erg in je geïnteresseerd ben. "Je fascineert me".

"Hoe zit het met... seksueel... Wat zijn je plannen met mij?"

Hij glimlachte.

"Dat gaan we uitzoeken."

"Je gaat niet met mij neuken. Ik heb een vriend en daar trek ik de grens."

"Wat kun je dan voor mij doen?"

Ze dacht even na.

"Je kunt me nog een keer slaan."

"Wil je aan mijn pik zuigen?"

Ze knikte aarzelend.

'Oké. Maar dat zou het zijn.'

'We kunnen maar beter gaan. Vergeet je slipje niet. Ze liggen op tafel. En vergeet onze plannen niet. Ik beloof je dat het allemaal de moeite waard zal zijn.'

Daarmee stond de professor op en stopte de touwen en de peddel terug in de bruine tas.

Toen vertrok hij en liet haar alleen achter in de woonkamer.

Cynthia bleef in de foetushouding zitten terwijl ze haar gedachten verzamelde.

Het orgastische gevoel stroomde nog steeds door haar lichaam.

Hij wist nog steeds niet of hij van de slavernij hield, of dat hij er een hekel aan had.

Maar het kleine plasje vloeistof dat hij achterliet, gaf hem het antwoord.

VIERDE DEEL
NAAST WAT OVEREENGEKOMEN IS

Een week later.

Cynthia keek uit het raam van haar appartement en bewonderde het uitzicht dat zich buiten haar huis ontvouwde.

Ik was alleen.

Teresa was al vertrokken nadat ze al haar eindexamens had afgerond.

Cynthia had ook moeten vertrekken.

Ze had inmiddels thuis moeten zijn bij haar familie.

In plaats daarvan wachtte ze op de professor.

Ik had hem het adres al gegeven.

Ze wachtte in meditatieve toestand tot hij zou komen.

Ze droeg een mooie blauwe jurk.

Het was elegant en ongedwongen.

Ze was blootsvoets en droeg niets onder haar jurk.

Alles wat hij met de professor had gedaan, was tegen zijn natuur.

Hij was tegen de sterke waarden waarmee hij was opgevoed.

En het was in strijd met de waarden die ik als toekomstig advocaat wilde verdedigen.

Maar de lerares had haar het beste orgasme van haar leven gegeven.

Ik dacht elke dag aan dat orgasme.

Hij masturbeerde elke avond terwijl hij aan de leraar dacht.

Hij vroeg zich af wat hij van plan was.

De bel op de straatdeur ging en ze liet de professor het gebouw binnen.

Ze opende de deur van het appartement en wachtte op hem.

Toen hij uit de lift op de vloer van zijn appartement stapte, glimlachte ze naar hem.

Hij was gekleed in een semi-casual outfit en had een bruine papieren zak bij zich.

Ze begroetten elkaar en hij ging vol vertrouwen zijn appartement binnen, alsof hij daar woonde.

Cynthia sloot de deur en keek de kamer rond nadat hij zijn schoenen had uitgetrokken.

'Prachtig plekje,' zei hij, terwijl hij de kamer verder inspecteerde.

'Bedankt. Ik woon hier al bijna vier jaar met mijn kamergenoot. We hebben ons best gedaan.'

'Heb je dit aan je kamergenoot verteld?'

'Nee. In godsnaam, nee. Ik heb het aan niemand verteld. En dat zal ik ook nooit doen.'

'Ik moet doorgaan,' knikte hij. 'Je ziet er prachtig uit in die jurk. Je bent net een geschenk dat wacht om geopend te worden.'

'Bedankt,' antwoordde hij zenuwachtig. "Kan ik je iets te drinken aanbieden?"

'Het gaat goed met mij. Vind je het erg als we even gaan zitten en praten?'

"Natuurlijk."

Ze zaten allebei op de bank in de woonkamer.

'Ik heb een cadeau voor je,' zei hij.

Hij stak zijn hand in de bruine tas en overhandigde Cynthia een envelop.

Ze opende het en zag een getypte brief op een vel papier met de officiële merktekens en titels van de universiteit.

Hij bladerde snel door de pagina.

Het was een lovende aanbevelingsbrief van de professor, die zei dat Cynthia zonder twijfel de slimste student was die hij ooit had ontmoet.

Hij prees ook lovend zijn morele karakter en arbeidsethos.

Er was zelfs een lange verklaring over Cynthia's passie voor vrouwenrechten.

'Ik... ik ben sprakeloos,' wist ze uit te brengen. 'Dit is geweldig. Het is beter dan alles wat voor mij geschreven had kunnen worden.'

'Je hebt die brief waarschijnlijk niet nodig. Ik heb al gesproken met een oude vriend die op een vooraanstaande rechtenfaculteit werkt. Je sollicitatie wordt speciaal beoordeeld.'

"Welke school?"

"Een hoger niveau. Je zult daar heel gelukkig zijn. Ik heb ook met mensen gesproken over mogelijke beurzen. Alles wordt in deze dagen geregeld."

Ze legde haar handen op zijn borst.

"Je hebt geen idee hoe blij ik hier van word. Ik bedoel, WAUW. Dit is meer dan ik ooit had kunnen hopen. Dit gaat mijn leven echt veranderen."

'Ik heb nog nooit zoveel voor een student gedaan. Ik doe dit alleen voor jou.'

"Ik weet niet wat ik moet zeggen".

'Je hoeft niets te zeggen,' zei hij streng. "Als je je dankbaarheid wilt uiten, trek dan je jurk uit."

Het was een ontnuchterend moment.

Zijn zorgeloze moment van opwinding werd beantwoord met de realiteit dat er voorwaarden waren waaraan hij moest voldoen.

Ze haalde diep adem en stond op.

Hun ogen waren op elkaar gericht.

Zijn vingers knepen in de onderkant van haar blauwe jurk.

Vervolgens tilde ze haar jurk over haar hoofd om haar slanke benen, geschoren kutje en parmantige kleine borsten met roze tepels te onthullen.

Ze stond naakt voor hem en deed haar best om een dapper gezicht te behouden.

Ze probeerde geen tekenen van nervositeit of opwinding te vertonen.

Maar zijn licht trillende vingers verraadden zijn nervositeit.

En haar verharde roze tepels werden volledig stijf, wat haar opwinding liet zien.

'Perfect,' zei hij, terwijl zijn ogen over haar naaktheid van top tot teen dwaalden. "Je bent een visie van perfectie."

"Bedankt."

'Je vraagt je vast af wat er in de tas zit. Je ziet er nerveus uit. Maak je geen zorgen, ik ben geen sadist. Ik ben maar een normale man met een heel gewone fantasie.'

Zijn ogen bleven over elke centimeter van haar lichaam dwalen en namen haar schoonheid in zich op.

"Welke fantasie is dat?" ' vroeg ze met oprechte nieuwsgierigheid.

Hij stond op en stak zijn hand in de tas.

Hij dacht er even over na om een definitief antwoord te geven op Cynthia's vraag.

"Ik hou van intelligente, onafhankelijke vrouwen. Iemand zoals jij. Ik kwam jaren geleden literatuur over seksuele slavernij tegen en voelde me er op een vreemde manier toe aangetrokken. Ik voelde me daar heel schuldig over, omdat ik altijd een groot voorstander ben geweest van vrouwenrechten." zoals jij. Maar het is maar een seksuele fantasie, toch? Niemand raakt gewond. En iedereen geniet ervan. Ben je het daar niet mee eens?'

" Ja ".

"Het is een veel voorkomende fantasie. Het is geen schande om ervan te genieten. Dat zou niet zo moeten zijn."

De professor haalde een zwarte ketting uit de tas.

Het leek erotisch, maar intimiderend.

Het is speciaal gemaakt voor seksuele doeleinden.

"Wat is dat?" zij vroeg.

"Het is een ketting voor je nek. Ik denk dat hij je goed zal staan. Er staat 'slet' op. Het is een leuke naam voor onze tijd samen."

'Heb je dit met andere vrouwen gedaan?'

'Nee. Ik heb nooit de moed gehad. Ik ben nooit erg moedig geweest.'

"Je hebt mijn nu."

Hij glimlachte.

'Je hebt gelijk. Ik heb je. Ontspan je nu terwijl ik je de halsband omdoe.'

De juf zette de tas op de bank en borstelde Cynthia's haar.

Hij wikkelde de ketting om zijn nek en begon hem strak te trekken.

Hij zorgde ervoor dat hij het niet te strak liet zitten.

Ik wilde niet dat hij overweldigd of verstikt zou worden.

Hij wilde haar alleen maar een ongemakkelijk gevoel geven, en dat deed hij ook.

Toen hij een stap achteruit deed, was Cynthia naakt, afgezien van de ketting met het woord HOER op de voorkant van haar keel.

'Kijk in de spiegel,' zei hij.

Cynthia liep naar de woonkamerspiegel, die vlak naast de voordeur stond.

Ze keek naar zijn naakte lichaam.

Ze keek naar de halsband om haar nek die haar bestempelde als hoer.

Het was in strijd met alle principes die ze had verdedigd.

Ze schaamde zich voor zichzelf.

Maar tegelijkertijd voelde ze zich erg opgewonden.

Niemand mag hier iets van weten.

Nooit.

"Wat denk je?" ' vroeg hij, terwijl hij achter haar stond met een touw in zijn handen.

"Het is een provocerend gezicht."

'Dat is zo. Doe je handen samen. Ik ga je vastbinden.'

Cynthia legde haar handen bij elkaar en de professor bond haar polsen vast met een zacht zwart touw terwijl hij nog steeds achter haar stond.

Het duurde niet lang.

Binnen enkele ogenblikken waren hun handen samengevoegd.

"Wat nu?" Ze vroeg hem.

Hij liep nonchalant terug terwijl hij naar haar keek.

Hij stond in het midden van de kamer en keek haar recht in de ogen.

"Nu wil ik dat je aan mijn pik zuigt. Ik weet zeker dat je er heel goed in bent. Ik wil dat je een gehoorzaam sekskatje bent en me laat zien hoe goed je kunt zuigen."

Cynthia liep met vastgebonden handen naar hem toe.

Hij was veel groter dan zij.

Na een kort oogcontact knielde ze neer en begon zijn broek los te knopen met zijn vastgebonden handen.

Ze trok zijn broek tot aan zijn enkels en onthulde een halfstijve penis.

Ze keek hem even aan.

Het was iets groter dan dat van haar vriend.

Hij hield het in zijn hand en streelde het kort voordat hij stopte met nadenken.

Ze aarzelde.

"Ik wil dat je weet dat ik dit normaal niet doe", zei hij na reflectie. "Ik heb dit soort dingen alleen in relaties gedaan. Ik ben er altijd tegen geweest dat vrouwen hun lichaam of hun seksualiteit gebruiken om te krijgen wat ze willen."

"Dat is precies waarom ik mijn pik in je mond wil."

De opmerking beledigde haar een beetje.

Maar het gaf nog steeds een tinteling tussen haar benen.

Ze boog zich voorover om zijn pik te zuigen.

Ze hield er altijd van om aan de lullen van haar vriendjes te zuigen.

Het was iets waar hij van had genoten sinds de eerste keer dat hij het deed.

Het was voor haar een heel opwindende seksuele ervaring geworden.

En er waren nog nooit klachten geweest.

Ze had altijd lovende recensies gekregen voor haar orale seksvaardigheden.

Met haar lippen om de pik gewikkeld schudde ze haar hoofd terwijl ze zoog.

Zijn vastgebonden polsen beperkten zijn handbewegingen.

Haar tong draaide rond het hoofd en de pik.

Ze keek op naar de leraar boven haar terwijl ze doorging met zuigen.

Ze maakten oogcontact, wat enigszins opwindend en gedeeltelijk vernederend was.

Ze keek weg terwijl ze zijn pik dieper in haar mond begon te nemen.

Vervolgens zoog ze aan elk van zijn ballen.

'Je bent hier geweldig in,' kreunde hij. 'Dat wist ik wel. Je hebt hier de perfecte lippen voor.'

"Bedankt," fluisterde hij, nadat hij even zijn pik uit haar mond had gehaald.

Ze ging weer aan het werk, in de hoop hem zo snel mogelijk te laten klaarkomen.

Hoe meer moeite ze deed om aan zijn pik te zuigen, hoe opgewondener ze daarbij werd.

Hij hoefde haar kutje niet aan te raken om te beseffen dat ze drijfnat was tussen haar benen.

'Voor nu is het genoeg', zei hij. 'Ik wil dat je over de eettafel buigt. Op je buik. We gaan zo meteen seks hebben.'

Ze keek hem verbijsterd aan.

"Onze afspraak was voor een pijpbeurt. Dat is alles."

"Aanbiedingen kunnen altijd verbeterd worden."

"Alsjeblieft. Ik heb er net mee ingestemd om je te pijpen."

"Raak jezelf aan tussen je benen. Je lichaam weet wat het wil. Als je droog bent , dan kom ik naar buiten en geef je alles wat je wilt. Als je nat bent, hebben we nog werk te doen."

De leraar was volhardend.

Cynthia wist dat het logisch was.

Zijn hart wilde het.

Haar kutje wilde het.

Het had geen zin om te vechten.

Wat je er ook mee doet, het zal een goed gevoel geven.

Hij gaat haar weer laten klaarkomen.

Dus waarom weigeren?

Hij stond op en liep naar de eettafel, die slechts een paar meter verderop stond.

Ze boog zich voorover en plaatste haar handen, gezicht, borsten en buik op de tafel.

De tafel waar ze talloze maaltijden had gedeeld met haar beste vriendin was plotseling een plek van seksuele bevrediging geworden.

Ze vroeg zich af wat hij nu zou doen, maar ze had geen idee.

Ze wist niet wat ze kon verwachten.

Hij hoorde het geluid van de tas die schuifelde terwijl de professor zocht.

De professor bond zijn vastgebonden handen aan de tafelpoten vast met nog een zwart touw.

Cynthia's polsen waren volledig vastgebonden en ze kon haar armen onmogelijk bewegen.

De professor bond ook elk van hun enkels aan de onderkant van de tafel.

Cynthia's benen waren gespreid, en haar kutje en anus waren wijd open.

"Weet je wat een plaag is?" vroeg.

'Ja,' antwoordde hij zenuwachtig.

'Ik ga het op je gebruiken. Maak je geen zorgen. Ik ga je geen pijn doen. Het kan een beetje pijn doen. Laat het me weten als het te veel is.'

Cynthia kneep stevig in het touw toen de zweep haar billen raakte.

De tweede klap was krachtiger.

Hij herinnerde zich het gevoel van de laatste pak slaag maar al te goed.

Het was een gevoel dat hij nooit zou vergeten.

Maar de geseling was veel krachtiger dan de schop.

Elk uiteinde van de geseling veroorzaakte een tintelend gevoel door haar kutje en ruggengraat.

Elk uiteinde van het flagellum stimuleerde haar seksueel.

De geseling verplaatste zich naar zijn bovenrug.

Het klikken was luid naast zijn oor.

Het prikte.

Elke keer dat ze werd geraakt, begon ze te kreunen.

De pijn werd steeds acuter.

Maar dat gold ook voor het plezier.

Het werd een krachtige en perfecte combinatie.

Hij sloeg haar hard op haar rug en haar kutje werd nat.

Bij elke slag kreunde ze luid.

Toen haar rug rood werd, richtte hij de aandacht van zijn zweep naar beneden en raakte de achterkant van haar dijen.

Het gebied was zo gevoelig dat ze er bijna van schreeuwde.

Cynthia pakte het touw steviger vast in de hoop de pijn te verlichten.

De geseling verplaatste zich naar elk van Cynthia's billen.

Het was de plek die hem het meeste plezier bezorgde.

Elk uiteinde van de zweep raakte haar hard en maakte haar geiler.

Het geselen stopte voor een genadig moment, en de professor stak twee van zijn vingers in haar kutje.

'Mijn God,' zei hij. 'Je bent net een kraan. Arm ding.'

"Ik... moet klaarkomen."

Hij glimlachte.

'Over enkele ogenblikken, lieverd. We moeten eerst ons voorspel afmaken.'

De professor keerde terug naar zijn zweeppositie en gaf Cynthia zachtjes een klap tussen de billen.

Ze kreunde toen de uiteinden van de spank rechtstreeks de ultragevoelige huid van haar kutje en anus raakten.

Hij liet haar even wennen aan de pijn voordat hij haar opnieuw een klap in haar richting stuurde.

Hij bleef haar kutje en anus slaan.

Hij liet de klap zakken en gebruikte zijn open hand om haar gevoelige seksuele gebied te slaan.

Het slaan was aanvankelijk zachtaardig.

Maar toen verhoogde hij de kracht voor elke klap.

Hij zorgde er zelfs voor dat hij haar gezwollen klitje een pak slaag gaf, waardoor ze kreunde als een hoer.

Zijn hand werd na elke klap vochtig van Cynthia's kutvocht.

"Ik denk dat je er klaar voor bent. Wil je nu klaarkomen?"

'Ja,' kreunde ze.

'Je bent een braaf meisje geweest. Het is dus alleen maar eerlijk dat ik je dat laat doen.'

Hij greep opnieuw in de tas.

Cynthia kon niet zien waar de professor naar op zoek was.

Het enige wat ik hoorde was het geluid van de aandelenmarkt.

Toen voelde ze hoe zijn vingers haar lippen spreidden terwijl hij een voorwerp inbracht.

Het was een seksspeeltje.

Glad en perfect gevormd.

Door zijn kleine formaat gleed hij gemakkelijk in haar kutje, wat haar een beetje teleurstelde.

Ze had iets groters nodig.

Het seksobject trok zich terug uit haar kutje, wat haar opnieuw teleurstelde.

Terwijl het voorwerp tegen de buitenste ring van haar anus drukte, besefte ze wat er aan de hand was.

De lerares stopte het voorwerp alleen in haar kutje om het te smeren.

Het seksobject was bedoeld voor haar kont.

Ze zette zich schrap terwijl het kleine seksspeeltje langzaam in haar anus werd geduwd.

Het drong door de strakke ring en kwam in haar rectum terecht.

De professor nam de tijd en deed de dingen langzaam, omdat hij haar geen pijn wilde doen.

En ze genoot van het gevoel dat ze uitgerekt was.

Al snel vergat hij de pijn die hij voelde door de geseling.

De lichte pijn van het seksspeeltje in haar kont was veel krachtiger en opwindender.

Toen het kleine seksspeeltje eenmaal in haar kont zat, liet de lerares het daar achter ter stimulatie.

Toen weergalmde het geluid van een pakket dat werd geopend in de stille kamer.

"Wat ben je aan het doen?" vroeg Cynthia met haar gezicht nog steeds naar beneden.

"Ik doe een condoom om. Ik ga je poesje neuken omdat je een slet bent."

Die woorden stuurden een tinteling langs haar ruggengraat en een sensatie in haar kutje.

Hoewel zijn enkels vastgebonden waren, deed hij zijn best om zijn benen verder te spreiden.

Ze wilde geneukt worden.

Ze wilde gebruikt worden als een stuk vlees.

Ze wist dat de leraar haar niet in de steek zou laten.

Hij pakte haar heupen stevig vast en drukte zijn harde pik tegen haar lippen.

Hij duwde zachtjes en ging naar binnen.

Het was een gemakkelijke toegang omdat ze uitgespreid lag en diep opgewonden was.

Cynthia's poesje was een massa heet verlangen.

De professor genoot van het gevoel van het poesje van zijn student

Toen duwde hij zich helemaal naar binnen, waardoor Cynthia haar gezicht tegen de tafel drukte en naar adem snakte.

De professor legde beide handen op Cynthia's schouders en trok haar omhoog.

Hij bewoog langzaam zijn heupen en neukte haar.

Cynthia kreunde elke keer dat hij zijn pik in haar lichaam duwde.

Met zijn handen vastgebonden kneep hij hard terwijl hij aan het touw trok.

Haar delicate poesje werd hard geneukt en haar gekreun werd luider.

Hij streelde met één hand haar haar en zorgde ervoor dat het achter haar rug zat.

Toen reikte hij met dezelfde hand naar beneden om een van haar kleine tietjes te strelen, terwijl hij in de gezwollen roze tepel kneep.

"Ben jij mijn hoer?" ' vroeg hij met een verdorven stem.

"Ja."

"Zeg het."

'Ik ben je hoer,' kreunde hij. "Jij vieze hoer."

Hij bleef haar nog harder neuken.

Hij bleef met één hand in haar schouder knijpen en met zijn andere hand haar tiet buigen.

'Je bent net als ik geen feministe, hè?'

"Nee."

"Wat ben je?" vroeg.

'Ik ben je hoer,' kreunde hij. "Ik moet zo behandeld worden."

Hij neukte haar nog harder.

Haar hete seks maakte luide, smakkende geluiden uit zijn kruis en raakte haar zachte kont elke keer dat hij een stoot gaf.

Zijn gekreun veranderde in grillige ademhalingsgeluiden toen hij de controle over de zintuigen van zijn lichaam begon te verliezen.

Ze liet los.

Ze gaf haar lichaam volledig aan de professor.

Ze was allemaal van hem.

Hij gebruikte beide handen om haar tieten te strelen en hard in haar tepels te knijpen, waardoor ze naar adem snakte van de pijn.

Hij kneep er nog harder in, waardoor ze nog een beetje naar adem snakte.

"Ik... moet klaarkomen..." zei ze zwakjes.

"Zeg het luider!"

"Ik moet klaarkomen! Alsjeblieft!"

Hij wist precies wat hij moest doen.

De leraar liet zijn handen zakken.

Eén om je heup te ondersteunen.

De ander strekte haar hand uit om haar clitoris te strelen.

Cynthia kreunde op het moment dat hij met cirkelvormige bewegingen over haar clitoris wreef.

Op dat moment werd Cynthia gestimuleerd doordat haar kutje werd geneukt, het sexspeeltje in haar kont en de vinger die met haar clitoris speelde.

Ze schreeuwde luid, het kon haar niet schelen of de buren haar konden horen.

Waarschijnlijk wel.

Iedereen die luisterde, zou waarschijnlijk opgewonden zijn.

Het maakte haar niet uit.

Cynthia schreeuwde en haar vingers krulden.

Zijn armen en benen trokken met alle macht aan het touw, maar het mocht niet baten.

Zijn onderrug probeerde zich te buigen, maar de greep was te sterk.

Zijn gezicht vertrok van plezier.

Zijn ogen werden groot.

Ze kwam.

Krachtig.

Overal zaten vloeistoffen.

Haar kleine poesje was een sekslul geworden.

De professor naderde zijn orgasme.

Zelfs toen Cynthia's lichaam slap was geworden en geen energie meer had, bleef hij haar doorweekte kutje neuken totdat hij tevreden was.

Hij schoot grote hoeveelheden sperma in het condoom dat hij droeg.

Hij gromde, maar toen stopten zijn stoten voordat hij op Cynthia's rug ging liggen om te rusten.

Ze waren allebei een complete zweterige puinhoop tegen de tijd dat de seks voorbij was.

Hij bleef voortdurend het haar op haar achterhoofd kussen.

'Je bent een godin,' gromde hij ademloos. "Een echte godin. Je hebt een man helemaal gelukkig gemaakt."

Cynthia was nog steeds uitgeput en ademde zwaar.

"En uw vrouw doet het niet?" Zei ze met een zucht.

"En je vriendje?" ' zei hij evenzeer met een zucht.

Ze lachten allebei.

'Maak me los,' wist ze met een lichte ademhaling weer zachtjes te zeggen.

De lerares trok zijn slappe, met condoom bedekte lul uit haar kutje en begon haar los te maken.

Toen ze vrij was, lag Cynthia op de grond, in haar eigen vaginale vloeistoffen.

De professor zat naast haar en streelde haar zachte haar.

'Ik ga je geven wat je maar wilt. Ik zal mijn best doen. Je bent geweldig.'

Ze keek naar hem.

'Jij ook. Ik ben nog nooit... nog nooit zo gekomen.'

"We hebben nog een paar dagen om samen te zijn. Ik ben van plan er het beste van te maken. De komende dagen ben jij mijn vieze kleine sekskatje. Dan kun je naar huis gaan, naar je familie en je vriend en genieten van je rust ."

Ze lachte.

" Ik geniet al van mijn pauze."

Daarop liet Cynthia haar hoofd op de schoot van de professor rusten.

Ze verwijderde het natte condoom.

Ze nam de slappe penis in haar mond en zoog de rest van het sperma eruit.

De professor kreunde.

ZEER BEGRIPVOLLE ARTS

'De dokter zal u meteen zien, meneer; blijft u alstublieft zitten.'

Andrew knikte terwijl hij naar de onderzoekstafel liep en ging zitten.

Een vouw vloeipapier vulde de brancardtafel.

Ze rolde de mouw van haar shirt naar beneden terwijl de verpleegster zuchtend de deur achter zich dichtdeed.

Het had hem veel moeite gekost om zichzelf ervan te overtuigen om hiervoor naar de dokter te gaan, maar hij had er eindelijk genoeg van en was het beu.

Om nog maar te zwijgen van het feit dat hij gefrustreerd was over zijn eigen lichaam.

Het leek een eeuwigheid te duren voordat de deur weer openging, maar toen de jonge vrouw eindelijk binnenkwam en Andrews dwalende gedachten verbrak, besloot hij dat het het wachten waard was.

'Hallo, meneer Harrison, het spijt me voor het wachten. Ik heb vandaag veel patiënten gehad die ik moest zien.'

De dokter ging naar haar bureau en pakte een koffertje, dat de verpleegster erin had achtergelaten, met de aantekeningen die ze had gemaakt naar aanleiding van de vragen die ze mij had gesteld over het doel van mijn bezoek.

'Ze hebben ongetwijfeld allemaal een reden gevonden om u te komen opzoeken, dokter. Ik weet zeker dat ik dat zeker zou doen!'

Zijn ogen, een prachtige blauwtint waarin je het gevoel had dat je erin kon gaan zwemmen, kwamen van zijn klembord omhoog en ontmoetten de jouwe.

Er verscheen een glimlach die langs de randen van zijn lippen trok.

Zeer, zeer goed gevormde lippen.

'Probeert u mij te vertellen dat u hier vandaag bent gekomen om mijn tijd te verspillen, meneer Harrison?'

Hij grinnikte.

'Helaas, verre van dat, dokter Martínez. Ik ben bang dat ik een heel reëel probleem heb, ook al ben jij de eerste persoon bij wie ik er over kom.'

Hij keek naar zijn klembord.

Terwijl ze aan het kleine bureau zat te lezen, keek ik toe hoe ze haar benen over elkaar sloeg.

Ze was een vrij kleine Latina-vrouw, maar haar blote benen, onder de rok van haar medische jurk, leken kilometers lang mee te gaan.

Andrew wenste dat de kokerrok niet net boven zijn knieën eindigde.

'Hier staat dat u weigerde met de verpleegster te praten over de exacte aard van uw bezoek, meneer Harrison, dus... praat alstublieft snel met mij voordat u verder kunt gaan.'

Andrews schouders zakten een beetje naar beneden, omdat ze hoopten deze vrouw in een iets meer persoonlijk gesprek te kunnen betrekken voordat ze zijn gedachten onderbrak met het doel van haar bezoek.

Maar... ze veronderstelde dat ze ervoor moest zorgen dat hij niet alleen maar een hypochonder was die te veel over een bepaald onderwerp op internet had gelezen.

"Ik eh... nou ja, het lijkt erop dat ik een aantal... aanhoudende en aanhoudende problemen heb in de slaapkamer."

Ze trok een van haar perfect donkere wenkbrauwen op, en hij kon niet ontkennen dat dit hem een beetje opwindte toen haar ogen nieuwsgierig over hem heen gingen.

"U lijkt een relatief jonge man te zijn in... nou ja, een uitstekende fysieke conditie, meneer Harrison. Voordat ik meer in detail ga over uw problemen, vertel het me eerst. Waarom heeft u ervoor gekozen hierheen te komen? Het lijkt een nieuw symptoom Ik weet dat ik nog nooit een "Niemand is hier eerder met dat probleem geweest, dus wie heeft jou aan mij aanbevolen?"

Nou, om eerlijk te zijn, dokter, ga ik normaal gesproken niet naar dokters. "Dat is niet echt nodig, en in feite voel ik me voor dit specifieke probleem niet echt op mijn gemak om naar een dokter te gaan om over dit soort dingen te praten."

Deze keer glimlachte ze voluit.

Ze plaatste het klembord op de tafel terwijl ze zich naar hem omdraaide en haar handen om zijn knie sloeg.

'Twee dingen, meneer Harrison. Noem mij ten eerste juffrouw Martinez of Rosa. Ten tweede denk ik dat we nu beter een uitgangspunt kunnen bepalen: u moet volkomen eerlijk en direct zijn, oké? Het lijkt erop dat dit een delicate situatie voor u is. "Dus ik denk dat het belangrijk is dat we dit serieus en zonder vooroordelen behandelen, omdat we ons gaan verdiepen in een aantal behoorlijk persoonlijke redenen. Is dat niet zo?"

'Absoluut, Rosa. En noem me Andrew, alsjeblieft.'

Ze knikte.

"Oké, Andrew. Vertel me eens, over wat voor soort problemen heb je het precies ? Voortijdige zaadlozing? Moeite met het ontwikkelen van een erectie?"

Andrew voelde zijn wangen zich vullen met hitte, hij kroop een beetje op de brancard, liet het geluid van ritselend papier achter en antwoordde:

"Nou, ik heb nog nooit problemen gehad, zelfs niet de eerste keer. Maar... ik denk dat ik moeite heb om hard te worden en te blijven. Het belangrijkste is dat ik al meer dan een jaar geen orgasme heb kunnen krijgen. " "

"God, een heel jaar; ik denk dat ik dood zou gaan als mij dat zou overkomen. Heb je enig idee waarom dit is begonnen te gebeuren? Zijn er veranderingen of slechte dingen gebeurd in je leven, een slechte ervaring met een geliefde? "Verlies van interesse in je vrouw?"

'O, ik heb geen problemen gehad met mijn vrouw of met welke minnaressen dan ook.'

Rosa glimlachte, maar gebaarde hem bemoedigend door te gaan toen hij stopte met nadenken.

"Ik kan echt niets bedenken. Ik leef al een aantal jaren in dezelfde situatie. Ik ben een tijdje geleden getrouwd en heb al een paar jaar geen nieuwe minnaars meer gehad."

"Zou je zeggen dat je normaal gesproken een actief seksleven hebt? Of is er iets veranderd sinds dit begon te gebeuren?"

Andreas haalde zijn schouders op.

"De situatie is zeker veranderd sinds dit gebeurde. Ik bedoel, ik heb een paar vrienden met wie ik graag seks heb, omdat we een wederzijds begrip hebben. Mijn vrouw heeft me al een tijdje niet meer aangeraakt, dus er is niet veel gebeurd." af en toe ontmoet ik een vrouw in een bar, wat misschien lijkt alsof er meer was dan een vriendschap, maar uiteindelijk niemand die gewoon... het probleem van niet hard worden laat verdwijnen, denk ik. ".

"En deze vrienden van je, weten de meisjes met wie je een relatie krijgt dat je andere vrienden hebt? Dat je een vrouw hebt? Vinden ze dat goed? Of hou je dat geheim?"

Andreas schudde zijn hoofd.

Rosa leunde naar voren terwijl ze sprak, en het viel hem op dat haar topje, hoewel niet kort, grote openingen tussen de knopen leek te hebben.

De stethoscoop die hij om zijn nek had geplaatst, raakte in een ervan verstrikt en leek een klein zicht te bieden op iets paars eronder terwijl hij van houding veranderde en aan de stof trok.

"Als ik een relatie heb met wederzijds goedvinden, hoef ik niet tegen ze te liegen. Ik verberg niets als ze mij ernaar vragen. Ik zorg ervoor dat het duidelijk is dat de andere meisjes ook mijn vrienden zijn, en dat ik dat ook ben." getrouwd als ze geïnteresseerd zijn. En er blijken ook vriendinnen te zijn waarvan ik moet zeggen dat ze erg van seks houdt. Maar als iemand richting exclusiviteit zou willen gaan, zou ik natuurlijk met haar praten zodat ze dat niet zou doen "Ga ermee door.

Anders zou de relatie worden verbroken. De reacties zijn... gemengd, maar vaak is het zo: "Het vertelt me veel meer over dat meisje dan iets anders me zou kunnen vertellen."

"Hmm. En zou je zeggen dat je nooit zou kunnen stoppen met seks hebben met die vrienden?"

"Het zijn mijn vrienden. Ik had ooit een relatie met een meisje, toen we zover waren gekomen, maar ik zag haar niet meer omdat ze erover nadacht dat ik exclusief voor haarzelf zou zijn."

"Hoe is dat gebeurt?"

'Ze vergat blijkbaar dat kleine detail dat we hadden afgesproken.'

'Ik begrijp het. Vertel me eens; zou je zeggen dat je polyamoreus bent of heb je polyamoreuze neigingen?'

Andrew fronste een beetje zijn voorhoofd, enigszins in de war over hoe dit verband hield met zijn probleem, maar hij was bereid er mee om te gaan.

"Ik zou zeggen dat ik daarvoor open sta, zonder dat ik het noodzakelijkerwijs nodig heb. Ik ben van mening dat zolang een stel open en eerlijk is over wat ze willen en verwachten van elkaars gedrag, seks moet zijn wat ze maar willen tussen de twee. hen."

“En exclusief?”

“Natuurlijk zou dat kunnen. Tussen hen, maar open voor ervaringen met anderen, zowel samen als afzonderlijk, zolang beiden eerlijk zijn en het met elkaar eens zijn. Ik heb zeker relaties gehad waarin we allemaal zijn of haar vrienden deelden, enzovoort. Zoals ik al zei, het tegenovergestelde ook: exclusiviteit."

"Maar slechts één?"

"Anderen wilden meteen ook voor exclusiviteit gaan, maar... dat lijkt mij onzin."

Andrew haalde zijn schouders op, maar Rosa fronste.

"Waarom is dat?"

"Nou, bijvoorbeeld met jou. Als we elkaar zouden gaan zien. Ik ken je niet, maar ik vind je zeker aantrekkelijk. Als we gaan daten, denk ik dat jij mij ook aantrekkelijk zou vinden; dus wat is er mis met van elkaar te genieten?" andere seksueel zonder exclusiviteit, als wij verantwoordelijk zijn?

"Dus wat is het verschil tussen daten en vrienden met voordelen?"

"Het hele doel van daten is om iemand te vinden met wie je je leven wilt delen, toch? Idealiter voor een lange periode, zo niet voor altijd als het om een huwelijk gaat. Vrienden... misschien vind je ze leuk, of geniet je van de seks met elkaar, maar ze zijn tot de ontdekking gekomen, samen of afzonderlijk, dat ze niet goed functioneren als koppel. Op de lange termijn, of in de dagelijkse verbintenis. Maar dat betekent niet dat ze geen goede seks kunnen hebben. en elkaar een goed gevoel geven.'

Rosa grinnikte.

"Eerlijk gezegd is dat een behoorlijk gezond perspectief. Ik wou dat ik een paar vrienden met voordelen in mijn leven had, zoals jij, aangezien ik de laatste tijd veel moet ontstressen."

Rosa ging rechtop zitten, bijna alsof ze weer een professionele houding aannam.

'Ehm. Hoe dan ook, oké, dus... er zijn geen gebeurtenissen geweest, seksueel, professioneel of persoonlijk, die misschien... ontmoedigd zijn of veel stress hebben toegevoegd, of zoiets?'

'Niet dat ik kan bedenken.'

'En je kunt zelfs niet afkomen van masturberen? Of van seks hebben met een paar van die vrienden van je waar je nog nooit eerder problemen mee hebt gehad?'

'Nee, helemaal niet. En ik heb ook nog nooit problemen gehad met uitstappen. Dit is echt frustrerend.'

'En je zegt dat je moeite hebt met het krijgen en behouden van een erectie.'

"Ja, ik bedoel, ik word opgewonden, ik word stijf, maar nog steeds een beetje uhmmm... los, als je het zo wilt zeggen. Dat maakt het moeilijk om te penetreren, weet je? En om eerlijk te zijn Sinds we hebben gezegd dat we dat gaan doen, vinden een paar van mijn vrienden het ECHT geweldig dat ik gewoon in hun hoofd kruip, een deel van de reden waarom we zulke goede vrienden zijn geworden, en we zijn er ECHT goed in. Ik kan er dichtbij komen, waarschijnlijk dichterbij dan met wat dan ook, zelfs dan met mijn eigen handen, maar ik kan geen climax bereiken.'

"Kunnen ze jou ook niet helemaal hard maken?"

Andreas schudde zijn hoofd.

Rosa fronste en tuitte haar lippen in gedachten.

Ze trommelde met haar vingers tegen zijn knie, en Andrew had er moeite mee om niet te fantaseren over hoe het zou voelen om die lippen om zijn pik te hebben.

Hij was opgewonden zodra ze binnenkwam, maar hij voelde zijn pik een beetje stijf worden elke keer dat hij naar die handige kleine opening in haar shirt keek.

Plotseling stond ze op.

'Nou, Andrew, ik denk dat we een lichamelijk onderzoek moeten doen om er zeker van te zijn dat we bepaalde dingen kunnen uitsluiten. Zou je het erg vinden om naakt te gaan?'

Andrew stak onmiddellijk zijn hand uit om zijn overhemd los te knopen.

'Nou, normaal gesproken zou ik eerst op een goed diner aandringen, Rosa, maar voor jou...'

Rosa bloosde een beetje, beet op haar onderlip en vouwde haar handen voor zich uit.

'Eh...normaal gesproken wacht de patiënt terwijl de dokter naar buiten gaat, zodat hij zijn kleren kan uittrekken en een doktersjas kan aantrekken. Vervolgens klopt de dokter op de deur en komt terug op verzoek van de patiënt.'

Andrew haalde zijn schouders op en ging verder met het losknopen van zijn overhemd om zijn harige borst bloot te leggen.

"Wat heeft het voor zin? Je gaat mijn geslachtsdelen onderzoeken, en je zou me gemakkelijk zonder shirt buiten kunnen zien op een warme zomerdag. Bovendien heb je haast en dat kan me niets schelen. Ik ben niet verlegen. Absoluut niets dat je nog niet eerder hebt gezien."

Rosa grinnikte en haar ogen dwaalden over Andrews torso terwijl hij zijn shirt uittrok.

'Nou, zeker niets dat ik nog niet eerder heb gezien, maar... als je het goed vindt, is het geen probleem, denk ik. En weet je, je gaat uiteraard toch niet stoppen.'

Andrew lachte, stond op en bukte zich om zijn broek los te knopen.

'Hé, het lijkt er ook zeker niet op dat jij weggaat.'

Ze glimlachte naar hem terwijl ze haar hoofd schudde en een beetje terugdeinsde toen hij van de trede van de onderzoekstafel stapte en op de grond ging staan.

Andrews broek viel op de grond en hij trok hem uit, terwijl hij haar met een speelse glimlach aankeek terwijl hij zijn duimen in de tailleband van zijn boxershort haakte.

'Moet je de grote onthulling onder ogen zien, of draai je je liever om en kijk je later verder?'

Ze lachte en beantwoordde zijn speelse uitdrukking, terwijl haar handen haar stethoscoop vasthielden.

'Kijk me maar aan. Ik weet niet zeker of ik het kan laten om je te slaan als je je omdraait.'

"Nou, in dat geval..."

Andrew draaide zich snel om en boog zich voorover terwijl hij zijn boxershort naar beneden trok, zijn nu blote kont in Rosa's richting wiebelde en zijn hoofd draaide om over zijn schouder naar haar te kijken.

Hij had een hand voor zijn mond en lachte zachtjes.

"Je bent SLECHT, Andrew Harrison. Dat is zeer ongepast gedrag in een arts-patiëntrelatie!"

'Ik zeg ook niets als jij het ook niet doet, Rosa Martínez.'

Ze rolde met haar ogen terwijl ze haar hand liet vallen, maar Andrew zag haar ogen over zijn hele lichaam glijden terwijl hij zich naar haar toe draaide en zijn handen op zijn heupen liet rusten.

"Dus wat nu?"

Rosa keek nadrukkelijk naar beneden en trok glimlachend een wenkbrauw op.

"Nou, het lijkt er in ieder geval op dat je er nu niet zoveel moeite mee hebt...!"

Andrew volgde haar blik; De pik was stijf, dat was duidelijk te zien.

Rosa was een heel aantrekkelijke vrouw en hij vond het leuk om met haar te flirten.

"Nou, een lijk zou stijf worden als hij naakt in dezelfde kamer was als jij, Rosa; al is dat niet hetzelfde als een volledige erectie!"

Ze rolde met haar ogen en glimlachte een beetje, maar ze leek echt te proberen een beetje voortgezette professionaliteit te behouden.

Ze stak haar hand uit om haar stethoscoop af te doen, maar terwijl ze dat deed, vielen een paar knopen van haar blouse open.

Andrews ogen werden groot toen hij zich omdraaide om een la te openen.

'Kom maar terug op tafel, dan pak ik een paar handschoenen...'

Andrew deed wat hem werd gevraagd en vroeg zich af of de uitgevouwen knoppen tot een beter zicht zouden leiden.

Terwijl hij Rosa's achterkant bewonderde toen haar rug naar hem toegekeerd was, dwaalden zijn gedachten af naar meerdere smerige scenario's.

"Nou, dit is lastig."

Hij draaide zich om en hield een enkele blauwe medische handschoen in de ene hand en een lege doos in de andere.

'Ik moet een nieuwe doos gaan halen. Misschien moet je er een...'

"Pshh; alsjeblieft! Je hebt er een. Je onderzoekt geen open wonden of iets invasiefs. Ik sijpel nergens iets uit. Ik vind het prima als je dat goed vindt."

Rosa schudde haar hoofd.

"Absoluut niet. Het schendt, ik weet niet eens hoeveel regels, en de grootste is het overtreden van de sterilisatie, en..."

"Dokter Rosa. U moet het gebied lichamelijk onderzoeken om er zeker van te zijn dat er geen afwijkingen zijn, toch? Het is toch niet alsof u iets binnenkrijgt of open wonden aan uw hand heeft, toch? Dat gaat u ook niet doen." plaats uw vingers ergens op uw hand. mijn".

Ze keek in zijn ogen.

"Het kan heel goed zijn dat u uw prostaat moet onderzoeken, eerlijk gezegd."

"Nou, je hebt een handschoen."

'Ik had gewoon door de gang kunnen lopen om een nieuwe doos te pakken en terug te komen.'

Andrew glimlachte, hief zijn handen op, haalde zijn schouders op en hield zijn hoofd opzij.

"En toch deed je niet..."

Dokter Rosa rolde geërgerd met haar ogen, deed snel de handschoen aan haar linkerhand en schudde haar hoofd naar hem.

Hij kon echter een lichte glimlach om zijn lippen zien en de randen van zijn ogen rimpelen.

'U bent onmogelijk! Doe uw benen open, meneer!'

Andrew probeerde zijn eigen verwachting niet te tonen en spreidde onmiddellijk zijn benen om Rosa zoveel mogelijk toegang te geven.

Hij deed moeite om niet te zuchten van plezier toen hij het warme, zachte, blote vlees van Rosa's rechterhand om zijn lid voelde krullen, gevolgd door de koude, droge handschoen van haar linkerhand die zijn ballen omhulde.

Haar vingers begonnen zorgvuldig zijn lengte te onderzoeken terwijl ze zijn balzak manipuleerde, fronste van concentratie en zag er ongelooflijk sexy uit terwijl ze iets naar voren leunde.

uitgestrektheid van zachte borsten onthulde , gecupt en ondersteund door een paarse beha met ruches.

Hij voelde zijn hartslag versnellen, voelde zijn pik omhoog komen van opwinding en opwinding door zowel het contact als de aanblik.

"Ik voel geen abnormale hobbels of breuken, dus dat is goed. Sterker nog, ik kan eigenlijk... oh! Nou, dan... reageert iemand plotseling vreselijk..."

Ze hief haar gezicht op om naar hem te kijken, en Andrew voelde een nieuwe golf van seksueel verlangen en spanningsopbouw.

Hoe zou het voelen om je pik in die gedeeltelijk open mond te laten zinken en het talent van je tong op je gretige pik te voelen?

Hij rukte zenuwachtig zijn ogen los, bang dat ze de naakte, rauwe lust erin zou zien.

"Ik eh... nou, Rosa, uhmmm... om eerlijk te zijn..."

Was het een hersenprobleem, en niet alleen vanwege de puur klinische onderzoekstechniek die u dit gevoel begon te geven?

Andreas wist het niet zeker.

Ze voelde echter de bijna overweldigende drang om tegen zijn greep in te gaan duwen.

'Andrew, onthoud: we hebben gezegd dat we oprecht en eerlijk tegen elkaar zouden zijn. Geen vooringenomenheid.'

Andrew draaide zich met tegenzin om en keek haar aan.

Zijn gezicht was kalm, maar... er leek een glans in zijn ogen te zitten.

Op de een of andere... specifieke manier tuitte ze haar lippen.

Anticipatie?

De aanblik van haar handen op hem, de nabijheid van haar gezicht bij zijn kruis.

Als ze haar hoofd omdraaide, kon hij waarschijnlijk de aanraking van haar adem tegen zijn huid voelen.

Het zicht op haar nogal verbazingwekkend uitziende borsten was ook iets spectaculairs.

De manier waarop hij onbewust zo een glimp van haar opving – onvrijwillig, onschuldig, maar duidelijk intiem en privé – was bedwelmend.

Hij voelde zijn pik trillen in zijn handen, zijn opwinding leek uit de hand te lopen.

"Dus, eerlijk gezegd, Rosa, het is heel lang geleden dat ik een duidelijk intelligente, grappige, charmante en gewoonweg verbluffende vrouw heb gehad die me gemakkelijk kon boeien en opwinden. Jij hebt je hand op mijn lul en ik heb een Het ongelooflijke zicht op je shirt doet me beseffen hoe lang het geleden is dat ik zo'n groot paar prachtige borsten heb gezien, en eerlijk gezegd kan ik me de laatste keer niet herinneren dat ik zo geil was of snakte naar wilde seks.

Rosa's ogen werden groot en haar gehandschoende hand viel naar haar toe en raakte de achterkant van zijn overhemd aan terwijl ze naar beneden keek.

Zijn wangen kleurden onmiddellijk diep, helder scharlakenrood.

Ze keek naar hem, beet op haar onderlip, maar hij merkte dat ze haar blote hand niet van zijn lid verwijderde terwijl ze haar gehandschoende hand liet zakken, eenvoudigweg haar ogen naar zijn harde pik richtte en vervolgens weer naar haar gezicht.

Hun ogen ontmoetten elkaar.

Andreas hapte naar adem.

"Ik... ik kan niet eens... ik heb... je bent zo hard als een steen. Je hebt helemaal geen probleem!"

'Voor het eerst in meer dan een jaar. Dankzij jou. Ik beloof je dat ik dit niet verzin.'

De plotselinge warmte van Rosa's lippen terwijl ze zich gretig om de gezwollen eikel van Andrew's pik wikkelden, deed ze allebei kreunen.

Andrew's handen grepen de randen van de onderzoekstafel vast terwijl hij Rosa's mond op zijn pik zag neerdalen.

van zijn erectie likken, wrijven en plagen terwijl ze hem in haar mond inhaleerde.

Ze spinde rond zijn kloppende lul en zoog hem terwijl haar vingers zijn ballen op een heel ander manier aanraakten en streelden.

Haar ogen brandden van een intense behoefte die de hare leek te weerspiegelen, terwijl ze naar zijn reactie keek terwijl ze hem begon te plezieren.

Terwijl haar hoofd over hem heen en weer begon te glijden.

Hij was gefascineerd door haar acties, de ritmische bewegingen van zijn pijnlijke pik en de rauwe seksualiteit die hij voelde in haar blik terwijl ze getuige was van het plezier dat hij haar gaf.

De vreugde die hij kennelijk voelde omdat hij daar de bron van was, was onbeschrijfelijk.

Zijn ogen dwaalden af naar de korte, schokkende flitsen van haar met een beha geklede decolleté.

Ze rukte zich van hem af, zachtjes hijgend, kijkend naar de losgemaakte knopen voordat ze glimlachte.

"Wil je meer zien...?"

Hij knikte en probeerde de sliert speeksel niet op te merken die zich langzaam van haar natte lippen naar de glinsterende eikel van zijn pik verspreidde.

Ze knoopte haar blouse voor hem los, liet hem achter haar op de grond vallen en strekte zich onmiddellijk uit om de sluitingen van haar beha los te maken.

Ze keek naar zijn reactie terwijl ze het langzaam van haar lichaam verwijderde en speels naar hem glimlachte terwijl haar mooie, bleke borsten uit hun opsluiting werden bevrijd.

Andrew kreunde zachtjes bij het zien.

Zonder aarzelen strekte hij zijn hand uit om haar blote linkerborst vast te pakken.

Hij streelde de warme en heerlijk zachte anatomie van Dr. Rosa Martínez.

"O God... Rosa...!"

Haar ogen kneep zich tot spleetjes en een huivering deed haar zichtbaar tegen hem aan huiveren.

Ze hief haar hand op en legde een vinger op zijn lippen.

"Het is lang geleden dat een man me zo heeft aangeraakt... Ik heb het zo druk gehad dat ik nooit veel uitga...! We... kunnen niet teveel lawaai maken..."

Hij kuste haar vinger, liet zijn tong over het puntje glijden en zoog er speels en langzaam op terwijl hij naar haar keek.

Hij drukte haar borst in zijn hand, waardoor ze zachtjes kreunde terwijl hij mompelde:

'Dit zou niet... allemaal om mij moeten gaan. Ik wil jou, Rosa. Jullie allemaal. Niet alleen je mond, zelfs niet je geweldige borst. We kunnen allebei van elkaar genieten, elkaar een goed gevoel geven. '

Haar gezicht was rood van opwinding (haar borst had zelfs een roze tint) en hij voelde haar tepel hard en uitpuilend tegen zijn handpalm.

Hij voelde haar hand langs zijn borst glijden en weer naar beneden glijden om zijn pik vast te pakken.

Deze keer een knijpbeweging, een weloverwogen klap.

"Ben je schoon...? Ben je niet...?"

"Als jij?"

Ze reageerde door een stap achteruit te doen en haar hand uit te steken om de rits van haar rok te pakken .

Ze likte haar lippen terwijl ze zijn erectie in de lucht zag zwaaien.

Haar rok gleed moeiteloos langs haar benen, op de voet gevolgd door een zijdeachtig paars slipje, flatterend gesneden.

De geur van haar opwinding was sterk en Andrew kon de glinsterende nattigheid zien die glinsterde op Rosa's binnenkant van de dijen en zichzelf letterlijk sierde langs haar zachte lippen.

"Ik weet niet zeker of we het lang volhouden..."

Hij lachte zachtjes en likte langs zijn lippen terwijl hij weer op de onderzoekstafel ging zitten met een vouw vloeipapier.

Rosa klom de trap op, schoof een been over zijn lichaam terwijl ze bovenop hem ging zitten, gretig ademend.

Ze pakte zijn pik vast (trilde haar hand?) en keek hem aan.

Hij liet zijn handen eerbiedig langs de zachtheid van haar naakte lichaam glijden totdat ze op haar heupen rustten.

Hij trok haar tegen zich aan, liet zijn kloppende punt tegen haar natte ingang rusten, maar ging niet verder.

'Je zult niet de enige zijn, Rosa. Ik hoop echt dat je dat goed vindt. Geen vooringenomenheid, weet je nog?'

Ze probeerden stil te kreunen terwijl ze op hem gleed.

De natte hitte van haar lichaam wikkelde zich comfortabel om hem heen en omhelsde zijn pijnlijke erectie diep in zijn diepten.

Ze gooide haar hoofd achterover, mond stil open, terwijl ze hem volledig vastpakte.

Ze begon met haar heupen tegen zijn lichaam te wrijven.

Haar borstkas ging omhoog en nodigde haar handen uit om ze allebei vast te pakken en zachtjes te knijpen terwijl hij onder haar trilde.

Zijn trillende stem slaagde erin om grotendeels laag te blijven terwijl hij reageerde.

"Ohhhhh! Godss...!"

Ze plantte haar handen tegen zijn borst terwijl ze haar hoofd liet zakken en hem hongerig aankeek.

Haar heupen begonnen te wiegen toen ze op hem begon te rijden.

Andrew's handen gleden langs haar huid, streelden de zijkanten van haar lichaam, knepen in haar heupen voordat ze haar stevige, strakke kont vastpakten.

Zijn vingers krulden zich tegen haar aan en groeven in haar vlees terwijl hij haar nog harder tegen zich aan trok, terwijl hij ondertussen haar benen gebruikte om zijn bewegingen te beantwoorden met zijn eigen stoten.

Hij hijgde onder haar.

"Voel je...zo...goed, Rosa...verdomd...goed!"

Ze glimlachte schaapachtig, maar verhoogde alleen haar tempo en neukte hem wanhopig, haar ogen half dichtgeknepen terwijl ze diep tevreden gromde.

Het papier verfrommelde onder Andrew, die al uit de hand liep als reactie op haar bewegingen.

Hij probeerde zijn bovenlichaam niet zoveel te bewegen, maar tot op zekere hoogte kon het hem niets schelen.

Zijn pik klopte gretig binnen Rosa's strakke omheining, een totale hardheid waar hij al veel te lang niet meer van had kunnen genieten.

Hij voelde elke rimpeling van haar glibberige kutje terwijl ze hem bereed .

Elke druk en huivering van hun interne spieren terwijl ze als twee dieren uitbarstten.

Haar kutje trok steeds vaker samen.

Rosa's energieke tempo werd steeds hectischer, totdat ze haar adem hoorde stoken.

Hij zag haar ruggengraat gespannen toen ze zich naar achteren boog en haar hoogtepunt op zijn pik voelde.

Ze stopte echter helemaal niet.

Rosa liep verder naar voren en beet op haar onderlip terwijl ze met gesloten mond van vreugde kreunde.

Andrew voelde zijn ballen strakker worden, hij wist dat dit niet lang meer zou duren.

De gedachte dat hij weer zacht zou worden en het vermogen zou verliezen om door te gaan met het neuken van deze mooie, sexy godin, was verschrikkelijk, maar hij kon er niets aan doen.

Het voelde te goed.

DIT voelde te goed.

Hijgend bewoog hij een van zijn handen, zocht tussen hun zweterige, botsende lichamen en vond haar clit om over te wrijven terwijl hij hem neukte.

Rosa's ogen werden groot en haar blik ontmoette de zijne weer terwijl haar mond openging in een stille schreeuw.

Haar kutje klemde zich om hem heen, nog strakker dan voorheen .

Andrew kon zichzelf totaal niet helpen en voelde zijn orgasme, zijn eerste in meer dan een jaar, helemaal naar hem toe komen.

Harde, dikke stralen sperma explodeerden in Rosa's kutje, waardoor Andrew ongecontroleerd kreunde.

Totdat Rosa, midden in haar eigen snavel, een van haar handen voor zijn mond sloeg in een poging hem het zwijgen op te leggen.

Zijn mond grijnsde wild terwijl ze tegen elkaar trilden, verenigd in hun extase.

Met volledige verwennerij voor het plezier van elkaars lichaam.

Zijn lichaam kronkelde onder haar en ze deed haar best om tegen hem aan te knijpen .

Terwijl hij doorging met het pompen van steeds meer sperma in haar kutje, wat ze gretig accepteerde.

Een jaar lang opgekropte seksuele frustratie explodeerde uiteindelijk in Rosa's lichaam.

Elke uitbarsting leek alle spanning in Andrews spieren op een geheel nieuw niveau te ontspannen, waardoor hij in een zee van gelukzaligheid dreef alsof hij gedrogeerd was.

Rosa onderdrukte een lach toen ze bovenop hem neerviel, terwijl zijn handen gretig haar lichaam streelden, haar hoofd over zijn harige borst bewoog, hijgend terwijl ze naar hem opkeek.

"Ik kan niet geloven dat we dat net hebben gedaan...! God, dat was een hoop sperma..."

Andrews armen wikkelden zich instinctief om Rosa's lichaam en hielden haar stevig vast terwijl zijn handen eerbiedig de zachtheid van haar huid streelden.

Zijn borst ging snel omhoog en omlaag terwijl hij probeerde te herstellen.

Er verscheen een glimlach op zijn gezicht toen hij naar haar keek.

'Een jaar, of in ieder geval bijna. En ik heb het gevoel dat ik nog meer heb.'

Ze spinde van verrukking, waardoor zijn borst trilde.

verbazingwekkend stijve pik kon voelen , die nog steeds in haar zat.

"Ik zou niets liever willen dan je tot de laatste druppel melken, met mijn lichaam of mijn mond, maar hoe langer ik hier ben, hoe waarschijnlijker het is dat een van de verpleegsters binnenkomt... en ik KAN GEEN rechtszaak aanspannen." ingediend wegens nalatigheid of intimidatie tegen mij!"

Andrew hief een hand op om Rosa's wang vast te pakken, zijn lippen vonden de hare en ze kusten haar langzaam en sensueel.

Hij sloot zijn ogen en genoot van het gevoel van haar lippen, van haar lichaam.

Hoe genoot je van je post-orgastische verdoving met zo'n ongelooflijke vrouw!

'Dank je, Rosa. Dat was... geweldig. Ik kan niet beschrijven hoe goed het voelde om je weer zo te kunnen voelen.'

Rosa's wangen werden rood toen ze op haar onderlip beet.

"Meen je dat echt...?

"Ben je het afgelopen jaar niet echt hard geworden of tot een hoogtepunt gekomen?"

Andrew lachte een beetje, terwijl hij nog steeds met zijn duim over haar wang wreef.

Zijn andere hand bewoog zich naar haar blote billen.

Het voelde goed om weer zo te zijn met een vrouw.

'Wat, dacht je dat ik daarover loog?

'Gewoon om in je broek te kruipen?'

Ze haalde haar schouders op en glimlachte een beetje schaapachtig.

"Het zou niet de eerste keer zijn dat mij iets soortgelijks overkomt. Dat overkomt de meeste meisjes."

"Ik zweer het, ik heb tot nu toe al meer dan een jaar geen orgasme gehad, en ik ben tot nu toe in ieder geval niet zo hard geworden. Dit was de eerste keer dat ik een vrouw kon penetreren, laat staan in haar klaarkomen of laat haar ruim een jaar lang op mijn pik klaarkomen. Ik voel me nu euforisch en heerlijk genereus.'

Rosa lachte en boog zich naar voren om een snelle kus van zijn lippen te stelen, maar ging ook rechtop zitten.

Ze bewoog haar heupen even tegen hem aan en glimlachte breed terwijl ze dat met samengeknepen ogen deed .

Maar ze maakte zichzelf langzaam los van zijn pik.

Een stortvloed aan sperma ontsnapte uit haar kutje en gleed langs haar lichaam naar beneden, langs haar bekken.

"Nou, dan voel ik me ongelooflijk gevleid, maar ook enorm opgelucht. Om eerlijk te zijn, het is lang geleden dat je met mij naar bed bent geweest, ook al zijn mijn vibrator en ik goede vrienden. En ik... ik heb het nog nooit gedaan zoiets als dit eerder." .. "

Ze zag er nerveus uit, maar Andrew kon niet anders dan glimlachen.

Hoewel hij zeker een behoorlijk deel van de contacten en losse seks had gehad, was dit... iets heel anders, en hij wist zelf niet zo goed wat hij moest zeggen.

Ze zag de plas sperma terwijl ze zichzelf op de grond liet zakken en draaide zich bijna om om iets te gaan pakken om het op te ruimen, maar hij zag haar stoppen en naar hem kijken.

Leun dan gewoon voorover en breng het terug naar je mond.

Haar tong likte zijn gemorste zaad op terwijl ze lichtjes op hem zoog.

Andrew snakte naar adem, terwijl zijn handen zich om de randen van de tafel klemden terwijl zijn rug verstijfde, maar hij kon niet wegkijken van wat hij deed.

Zijn pik klopte van genot, zelfs nadat ze zich langzaam van hem afwendde.

Ze kuste eerst het puntje van zijn lid en likte vervolgens een paar dwalende spermastrengen van zijn vlees.

Ze glimlachte verlegen naar hem terwijl ze weer rechtop stond en naar zijn pik keek.

Hij was duidelijk weer helemaal hard.

'Het lijkt erop dat u er nu geen probleem meer mee heeft om stijf te worden, meneer Harrison.'

Andrew huiverde van geluk en probeerde naar voren te gaan zitten om zijn kleren op te halen terwijl hij toekeek hoe Rosa zich voorover boog om de hare op te rapen.

'Ik denk dat u mij heeft genezen, juffrouw Martinez.'

Ze glimlachte, maar terwijl ze hem wat van haar kleren overhandigde, reikte ze naar beneden om zijn pik speels aan te raken.

'Daar ben ik het niet mee eens, meneer. Ik denk dat u later deze week een vervolgafspraak zult moeten maken. We moeten uw toestand nauwlettend in de gaten houden en ervoor zorgen dat er geen terugval optreedt.'

Zijn speelse glimlach haperde een beetje.

"Dit is ernstig, maar toch denk ik... ik denk dat we fysieke kwalen waarschijnlijk kunnen uitsluiten, maar... maar we willen het zeker weten. Oké, toch?..."

Andrew stak zijn hand op en glimlachte zachtjes.

'Ik begrijp het, dokter Rosa. En ik zou graag terugkomen op de consultatie. Officieel, en... zelfs onofficieel, als u dat goed vindt. Ik... ik had eerlijk gezegd verwacht dat u snel een onderzoek zou doen en verwijs me naar een psycholoog. Ik dacht : "Het was een mentaal of emotioneel probleem."

Ze bloosde, maar knikte terwijl ze haar slipje aantrok.

Er sijpelde langzaam een donkere cirkel door de stof, en de aanblik ervan maakte Andrew nog opgewondener.

Ze wilde haar beha weer aantrekken, maar Andrew gebaarde dat ze dichterbij moest komen en keek haar nieuwsgierig aan.

Ze gaf toe en kwam opnieuw op hem af.

Hij hief onmiddellijk zijn hand op om met een zachte zucht haar blote borsten te strelen.

"Bedankt. Het spijt me, je bent gewoon... ik denk dat je ongelooflijk sexy bent, en de dingen gingen zo gehaast, ik... ik wilde de kans niet missen om ze aan te raken terwijl ik die had."

Ze glimlachte zachtjes en boog zich voorover om zijn wang te kussen voordat ze een stap achteruit deed om haar kleren weer aan te trekken en te proberen hun officiële gesprek hardop te hervatten.

'Waarschijnlijk is dat het, maar aangezien u de verpleegsters voor het papierwerk niet precies hebt verteld wat het is, moet ik waarschijnlijk... een afspraak met u maken om hier nog eens langs te komen, zodat we zeker zijn van de symptomen.'

Hij knikte, stond op en begon zijn eigen kleren aan te trekken.

Rosa keek hem even aan terwijl ze klaar was met het herschikken van haar kleren.

Ze streek haar kokerrok glad, in gedachten verzonken.

Eindelijk verbrak hij de stilte.

"Als je wilt, zou ik... graag je telefoonnummer accepteren. Eerlijk gezegd weet ik niet zeker hoe ik erover denk, buiten de... hitte van het moment, maar..."

'Ik begrijp het volkomen, Rosa. Ik weet het... we kennen elkaar niet zo goed, maar... ik hoop dat je weet dat ik hier niet lichtvaardig mee omga, dat ik te vertrouwen ben, en ik... Ik waardeer het zeer... alles wat er is gebeurd. Ik zou dit nooit gebruiken om je pijn te doen, of je op welke manier dan ook opzettelijk pijn te doen. Als je nooit meer wilt dat dit nog een keer gebeurt, zou ik die keuze accepteren, respecteren en begrijpen. maar ik hoop oprecht dat je er geen spijt van krijgt, en ik hoop dat ik 'tenminste je patiënt kan blijven. Ik ben hier gekomen met een reden, je geschiedenis en feedback over je capaciteiten als arts. Ik kan het je niet vertellen hoe blij mij dit heeft gemaakt, of... hoe ik mij daardoor weer een man heb gevoeld."

's schouders leken een beetje in te zakken.

Een spanning die zijn houding verliet terwijl hij hartelijk glimlachte.

'Bedankt, Andrew; dat waardeer ik enorm. Ik... heb ook heel erg genoten van wat er is gebeurd.'

"Mag ik dan mijn nummer achterlaten?"

Ze knikte en draaide zich om om een notitieboekje en een pen te pakken.

Toen bood hij het haar aan.

Hij pakte het aan, schreef snel haar nummer op en gaf het haar vervolgens terug.

Ze scheurde het bovenste laken eraf en stopte het in een klein zakje van haar blouse.

Hun ogen ontmoetten elkaar, ze bleven even hangen, toen glimlachte Andrew en opende zijn armen.

"Zou je een knuffel willen...?"

Ze lachte en schudde haar hoofd terwijl ze elkaar omhelsden.

Toen ze een stap achteruit deden en Rosa zich omdraaide om haar spullen te pakken, speurden haar ogen het kantoor af.

Behalve dat het vloeipapier op de onderzoekstafel vreselijk verkreukeld was, kon niemand zeggen wat hier zojuist was gebeurd.

Andrew, die begreep wat hij deed, snoof een beetje aan de lucht en liep toen naar een van de ramen om het te openen.

Rosa glimlachte verlegen en knikte.

'In dat geval, Andrew... uh, meneer Harrison, zullen we het probleem dat u lijkt te hebben tot op de bodem uitzoeken, maar u moet later deze week nog een afspraak maken voor een vervolgonderzoek. en hoe eerder hoe beter."

Hij beet op zijn lip, knipoogde naar haar en zei met zachtere stem:

"Laat me niet wachten".

OP KANTOOR

'Heeft u nog iets nodig, mevrouw Sanders?'

Ik keek op van de wazige rijen en kolommen van het afgedrukte spreadsheet en knipperde met mijn ogen naar Vicky, mijn secretaresse, die in de deuropening van mijn kantoor stond, met haar tas over haar rechterschouder.

Ergens achter haar hoorde ze de andere meisjes op kantoor babbelen terwijl ze hun baan voor het weekend sloten.

Toen zijn woorden eindelijk in mijn gedachten opkwamen, gaf ik hem een kort knikje en wiebelde met mijn vingers.

'Ga je gang . Over ongeveer vijf minuten ben ik hier klaar. Fijn weekend.'

Ze kneep haar ogen even tot spleetjes, maar herhaalde mijn laatste woorden slechts met een glimlach voordat ze zich omdraaide en zich bij haar collega's voegde.

Ja, ze kende mij heel goed.

Op een normale dag waren vijf minuten meestal vijftien tot twintig minuten. Maar het was de vrijdag vóór een driedaags lang weekend, en met de voltooiing van een samenvatting van het kwartaalrapport dat dinsdagochtend moest verschijnen.

Wie hield ik voor de gek?

Ik zou hier minstens een paar uur blijven.

En dat was alleen als ik me kon concentreren op het verkrijgen van de juiste cijfers.

Na het eerste uur met nog maar een klein beetje vooruitgang, ging ik snel naar de automaat in de pauzeruimte voor een frisdrankje vol cafeïne.

Terug aan mijn bureau, terwijl het koolzuur in mijn keel kriebelde van een diepe drank, stond ik over mijn bureau gebogen.

Misschien zou een ander perspectief helpen.

Op dat moment hoorde ik een zacht gegrom.

In plaats van geschrokken te zijn, aangezien ik de eigenaar van dat geluid kende, keek ik nauwelijks op en zag meneer Robert González tegen de deurpost leunen, met zijn handen in de zakken van zijn strakke broek.

Hij was het toonbeeld van lang en knap, hoewel hij niet helemaal zwart was... althans niet het deel dat je kon zien.

Zijn zilveren haar was aan de zijkanten en achterkant korter geknipt, waardoor hij er ouder uitzag dan de veertig jaar die hij had moeten zijn.

En haar lichtgebruinde huid gaf aan dat ze het niet erg vond om buiten te zijn, ook al wist ze dat ze er nog niet aan toe was gekomen een band op te bouwen met de rest van de mannelijke leidinggevenden.

'Om middernacht de laatste druppels energie slepen, Erika?'

Ik trok een goed verzorgde wenkbrauw op en antwoordde uiteindelijk:

'Het is zes uur. Het is pas halverwege de middag.'

Hij haalde zijn schouders lichtjes op.

'Het is ergens middernacht.'

"In Londen."

"Hm?"

'Als het hier zes uur is, is het in Londen middernacht.'

Robert grinnikte.

'Jij en je cijfers.'

Ik rolde met mijn ogen, leunde naar voren om de bovenkant van een spreadsheetkolom te vinden en liet mijn vinger naar beneden glijden.

Een diepere grom bereikte mijn oren.

Ik keek net op tijd op en zag dat hij de knoop van zijn das bij zijn keel recht trok.

Een seconde later besefte ik dat hij de bovenkant van mijn shirt kon zien.

Ik stond abrupt op, ging in mijn stoel zitten en liep naar het bureau, terwijl ik mijn wangen voelde blozen.

Ik kon nauwelijks mijn glimlach onderdrukken toen hij zuchtte.

"Wat kan ik voor je doen, Robert?"

Zodra de woorden mijn mond verlieten, sloot ik mijn ogen en tuitte mijn lippen.

Verdomde Freudiaanse verspreking.

'Ik reken geen vergoeding, Erika, maar als je bereid bent te betalen...'

'Het was een vergissing,' mompelde ik, terwijl ik deed alsof ik me weer op de gedrukte pagina's concentreerde die voor me lagen.

In mijn hoofd smeekte ik hem halfslachtig om te vertrekken.

Het gezelschap was niet geheel onaangenaam.

Maar ik wilde dit verslag maken, zodat ik naar huis kon gaan en in mijn bubbelbad kon genieten met een glas wijn en nergens aan kon denken totdat mijn wekker dinsdagochtend afging.

"Cijfers weerstaan, hè?" zei hij met een zachte lach.

Er klonk een zacht geluid van schoenen die op het tapijt wapperden.

Even later stond hij voor mijn bureau.

Toen ik weer opkeek, had hij een opgetrokken wenkbrauw en zijn glimlach werd breder toen hij zijn colbert uittrok en op de rugleuning van een van de bezoekersstoelen legde.

Ik slikte toen hij zijn grote hand langs de voorkant van zijn grijze vest met knopen liet glijden , aan de manchetten van zijn witte overhemd trok voordat hij in de tegenoverliggende stoel ging zitten.

Hij sloeg zijn rechterknie over zijn linkerknie en vouwde zijn handen in zijn schoot.

Ik probeerde hem te negeren terwijl ik werkte, terwijl ik af en toe uit mijn frisdrankblikje dronk.

En glorie wordt verteld, de cijfers begonnen logisch te worden.

Het duurde niet lang voordat ik eindelijk kon beginnen met het schrijven van mijn rapport.

Hij zei niets, maar ik kon zijn gelijkmatige ademhaling horen.

Ik voel zijn ogen op mij gericht.

Maar dat was ik gewend van klanten, dus de aandacht van Robert bracht me niet van de wijs.

Zelfs niet toen ik in mijn gezichtsveld kon zien dat hij langzaam zijn vest losknoopte en de knoop van zijn das losmaakte.

Ik beet op de binnenkant van mijn lip terwijl hij zijn positie aanpaste en zich ontspande in de stoel, in een poging er niet aan te denken dat hij zijn opwinding probeerde te verbergen.

Met mijn ogen op het computerscherm gericht, heb ik in mijn rapport aangegeven waar onze verliezen vandaan kwamen en vervolgens een voorstel geschetst om die gelden in de komende twee kwartalen terug te vorderen.

Een paar minuten later verraste zijn stem me en herinnerde me aan zijn aanwezigheid.

'Het lijkt alsof je daar heel hard werkt, Erika. Zelfs als je me vanuit je ooghoeken aankijkt. Denk je dat ik die dingen niet opmerk?'

De brok in mijn keel leek uit het niets te komen.

Het deed zelfs pijn bij het slikken, en deze keer hielp de frisdrank niet.

Een snelle blik op hem was een slecht idee geweest.

Ik kneep mijn ogen even dicht en knipperde toen snel om me opnieuw te concentreren.

Roberts hoofd was schuin en zijn mondhoek trilde.

'Wat is er aan de hand? Heeft de kat je tong gepakt?'

Toen ik hem bleef negeren, maakte hij een 'tsi, tsi, tsi'-geluid.

Ik kon het niet laten om zachtjes te vloeken toen hij opstond, om mijn bureau heen liep en vlak achter mij bleef staan.

'Je werkt te veel. Het is weekend. Je moet thuis zijn of plezier maken, en geen tijd op kantoor doorbrengen.'

Ik voelde dat het de onderkant van mijn haar raakte en huiverde.

Mijn vingers trilden even op het toetsenbord.

Zelfs mijn ademhaling was onstabiel terwijl ik uitademde.

Verdomd deze man.

Ik had er al twee maanden aan gedacht... sinds de bazen ons op een zakelijke bijeenkomst hadden voorgesteld.

We zaten op hetzelfde gezagsniveau, maar van verschillende afdelingen.

De reilen en zeilen van onze gebieden kruisten elkaar niet eens.

Hij had echter een reden gevonden om minstens een of twee keer per week bij mij op kantoor langs te komen.

Maar nooit na sluitingstijd.

En het was nog nooit zo... gelanceerd.

altijd professioneel geweest, maar hij had op de rand van het touw gedanst.

Stiekem wenste ik dat hij een beetje zou lanceren.

Niet om mij redenen te geven om hem te rapporteren, maar om zeker te weten of hij echt in mij geïnteresseerd was... of dat hij gewoon graag met zijn mannelijkheid wilde pronken.

Zij was de enige leidinggevende in het bedrijf.

De meeste mannen leken het met die status eens te zijn.

Een paar van hen hadden me bij de waterkoeler laten weten dat ze vonden dat vrouwen aan de andere kant van het bureau hoorden, maar niemand had het lef gehad om dat in mijn gezicht te zeggen.

Ik bad dat dat moment nooit van Robert zou komen.

En nu?

Ik had het gevoel dat ik eindelijk de ware kant zou zien van de man die mijn dromen meer dan eens had achtervolgd.

Maar zou ik daar spijt van krijgen?

wij waren alleen

De rest van de vloer achter mijn kantoorramen was donker.

En er was geen reden dat iemand anders op dit uur in het gebouw zou zijn.

De conciërges arriveerden pas zaterdagochtend.

Wat als de bedoelingen van Robert niet eervol waren?

En als...

'Het lijkt erop dat je misschien wat stress moet verlichten, vind je niet?'

Zijn stem klonk vlak naast mijn oor en zijn lippen streken er lichtjes langs, waardoor ik naar adem snakte.

Terwijl hij sprak, veegde hij mijn haar weg.

En toen beet hij in mijn oorlel.

"Geef antwoord, Erika."

Vuur en ijs.

Dat is de enige manier waarop ik kon beschrijven wat er door mijn lichaam bewoog bij zijn woorden... zijn daden.

Ik kon me niet bewegen.

Hij ademt nauwelijks .

En ik had absoluut niet de juiste stem om op te reageren.

Robert plaatste plotseling zijn handen aan weerszijden van mij op het bureau, waardoor mijn ruimte nog verder binnendrong.

Ik had tenminste de dunne rugleuning van de stoel tussen ons in.

Voor nu.

Mijn benen trilden.

Godzijdank zat ik al.

Dit is waar je op zat te wachten, toch?

Ik vocht om niet naar hem te kijken, uit angst dat ik het laatste beetje controle over mijn emoties zou verliezen als ik dat wel zou doen.

Maar ik kon de kleine kreun niet onderdrukken die aan mijn lippen ontsnapte toen hij zich tegen de zijkant van mijn gezicht boog.

Zijn lippen raakten weer mijn oor.

"Ik weet wat je wilt..." fluisterde hij, terwijl hij mijn oorlel likte. "Wat heb je nodig."

Zonder waarschuwing stak hij zijn hand uit en pakte mijn linkerpols, zacht maar stevig, waarna hij hem van het bureau verwijderde en achter mijn stoel bracht.

Hij plaatste de rug van mijn hand in zijn handpalm en plaatste hem stevig op de bobbel van zijn kruis.

Ik jammerde nog harder en kneep mijn ogen dicht.

Mijn beide handen sloten zich ook instinctief, terwijl mijn linker nog meer om zijn bedekte erectie wikkelde.

Mijn kutje klemde zich vast bij de sensatie.

Hij slaakte een zachte kreun en legde mijn hand weer op het bureau.

De warmte van zijn aanwezigheid leek te verdwijnen, maar het kon de trilling die naar mijn schouders was gestegen niet stoppen.

Zijn warme adem streelde nog steeds de achterkant van mijn nek terwijl hij zwaar uitademde.

Even later draai ik langzaam in mijn stoel naar hem toe... en laat mijn ogen recht op zijn kruis rusten.

Met een zucht leunde ik achterover in de stoel en keek net lang genoeg omhoog om te zien hoe hij zijn lippen likte.

Vervolgens volgde ik zijn handen terwijl ze zich op zijn middel nestelden en zijn leren riem losmaakten.

Hij maakte de knoop zo langzaam los dat ze niet zeker wist of hij het echt had gedaan totdat hij de rits omlaag deed.

Ik hoorde een kreun van hem terwijl ik onregelmatiger begon te ademen en mijn lippen likte.

'En dat natte tongetje? God, wat ben je verdomd sexy, Erika,' gromde hij, terwijl hij zijn hand in zijn boxershort stak.

Maar hij stopte en trok een seconde later zijn hand terug.

Terwijl zijn broek verleidelijk over zijn heupen hing, pakte hij mijn biceps vast en trok me gemakkelijk overeind.

Er was geen tijd om na te denken.

Om mijn afwijkende mening te uiten.

Het ene moment hield ik mijn adem in, het volgende moment drukten zijn warme lippen tegen de mijne met een hartstocht die ik nog nooit eerder had ervaren.

Warmte.

Passie.

Wanhoop.

Honger.

Dat spookte allemaal door mijn hoofd.

Voelde ik dat allemaal ook?

Zijn tong kwam mijn mond binnen en claimde hem.

Zijn vingers klemden zich om mijn armen en trokken me dichter naar hem toe.

Mijn hoofd werd achterover geworpen terwijl hij me naar voren duwde terwijl de rest van mijn lichaam tegen hem leunde.

Ik voel dat knobbeltje nu op andere plaatsen.

Druk op mij.

Mij wrijven.

Me opwinden.

Ik smolt net weg in zijn kus toen ik, in mijn gekreun, merkte dat ik weer rechtop ging zitten.

Hijgen.

Ik vraag me af wat er in hemelsnaam net is gebeurd.

Roberts ademhaling was onregelmatig.

En hij leunde tegen het bureau, terwijl hij de rand met beide handen vasthield.

Hij staarde mij aan met grote ogen.

Toen ik naar zijn licht deinende borst keek, tilde hij mijn kin op.

Hij hield het voor mij vast.

Vervolgens streek hij met zijn duim over mijn onderlip voordat hij een seconde in mijn mond drukte.

Ik maakte van de gelegenheid gebruik en likte aan zijn vinger, waardoor hij gromde.

Hij duwde dieper.

Al snel zoog ik het topje van zijn duim omhoog tot aan de eerste knokkel terwijl hij hem langzaam in en uit mijn mond bewoog.

Mijn kin zat nog steeds tussen zijn vingers.

Mijn ogen waren op de zijne gericht.

We maakten allebei zachte geluiden van plezier.

En mijn kutje bleef maar aanspannen.

Op een gegeven moment gleed zijn hand uit.

Hij trok aan mijn kin om me recht te zetten, en ik viel voorover.

Ik hervond mijn evenwicht door mijn handpalmen op haar dijen te plaatsen.

Direct naast zijn kruis.

Als gevolg hiervan kreunde ik en zoog ik harder op zijn vinger.

Zijn gesis van verbazing was zijn enige reactie terwijl hij zijn duim in en uit mijn mond bleef duwen.

Toen kreunde hij terwijl mijn handen de stevige spieren onder zijn kleren samenknepen.

Even later had hij zich losgemaakt en stond op.

Robert stak zijn hand weer in zijn boxershort en liet toen snel zijn pik los met een scherpe uitademing.

De kroon, die er rood en opgewonden uitzag, rustte slechts enkele centimeters van mijn lippen.

De punt schitterde met een enkele parelachtige druppel in het midden.

Vol verwachting viel mijn tong uit mijn mond.

"Kom op."

Zijn ruwe goedkeuring deed me kreunen en mijn lippen opnieuw likken.

"Kom op wijf."

Zijn lichaam zwaaide een beetje toen mijn vingers de zijne vervingen en zich om de fluweelzachte textuur van zijn harde lid wikkelden, waardoor het stevig vasthield.

Hij kreunde luid op het moment dat ik het puntje van mijn tong naar het oog van zijn pik bracht.

Op weg naar die parel.

Ik lik eraan en breng het terug naar mijn mond.

Genietend van de zoutheid van zijn voorvocht.

Hij was nu degene die trilde en opnieuw tegen de rand van mijn bureau leunde voor steun.

De woede steeg in mijn aderen en ik liet nog een lik los.

De platte kant van mijn tong, dit keer, op de platte kant van zijn flexibele hoofd.

Een andere vloek van hem bemoedigde me nog meer.

Mijn derde lik was krachtiger en wervelde rond de kruin.

Een snelle blik op zijn uitgestrekte nek en gesloten ogen liet zien dat ik hem had waar ik hem wilde hebben ... overgeleverd aan mijn genade, al was het maar voor een paar minuten.

Bij de volgende lik sloot ik mijn lippen rond zijn kruin, zoog ik terwijl ik zachtjes mijn hand rond zijn grote pik kneep.

"Fuck, slet, hoe weet jij hoe je moet zuigen!"

Ik had zijn stuwkracht verwacht en deed een stap achteruit, terwijl zijn pik met een zachte knal loskwam.

Nadat ik diep had ingeademd, had ik het weer in mijn mond.

Dieper nu.

Zuigen tijdens het strelen.

Kreunend legde hij een hand op mijn hoofd en streek zachtjes met zijn vingers door mijn haar.

Ik schoof de stoel naar voren en genoot van het contrasterende, harde en zachte gevoel dat hij over mijn tong gleed.

De zachte textuur van haar kleding terwijl ik met mijn vrije hand over haar been ging... rond om haar kont te strelen.

De geur van mannelijke muskus op zijn huid elke keer als mijn neus zijn basis naderde.

Maar net als bij zijn kus trok hij zich terug voordat ik klaar was om te stoppen.

Mij kreunend achterlatend.

Toen zette hij mij weer op de been, waarbij ik op mijn hielen wiebelde.

'Erika,' snauwde hij, terwijl hij zijn lippen likte.

Zoekend in mijn ogen.

Terwijl hij mij bij mijn rechterarm tegen hem aan hield, bewoog zijn vrije hand naar mijn rug en gleed naar beneden, terwijl hij mijn kont streelde.

Toen ik kreunde, pakte hij mijn onderlip tussen zijn tanden.

En toen zoog hij zachtjes terwijl ik mijn lichaam tegen het zijne drukte en me aan zijn armen vastklampte.

"Robert!" Ik hapte naar adem toen hij me plotseling bij mijn heupen optilde en me op mijn bureau zette.

Hij duwde mijn kokerrok omhoog en spreidde mijn benen, zodat hij ertussen kwam.

Zijn pik rustte tussen ons in, en ik voelde de natheid van zijn voorvocht in mijn shirt doordrenken.

Terwijl hij met één hand mijn rechterbeen streelde door mijn dijhoge kousen heen, pakte hij de achterkant van mijn hoofd vast en kuste me.

Heel moeilijk.

Met gesloten ogen zonk ik uiteindelijk in zijn omhelzing, terwijl mijn handen over hem heen dwaalden.

Zijn schouders aanraken.

Voel hoe zijn spieren zich buigen en ontspannen.

Warmte straalt door zijn shirt.

Toen zat het in zijn nek.

Zijn haar kriebelde langs mijn vingertoppen terwijl zijn tong mijn mond plunderde.

Een van mijn schoenen viel met een klap uit toen ik probeerde mijn been om het zijne te slaan.

Hij was ook onderweg.

Ik pakte mijn andere knie vast, die tegen zijn heup wreef.

Zachtjes in de achterkant van mijn nek knijpend, waardoor ik krom en kreun.

Vervolgens streelde hij de zijkant van mijn borst voordat hij hem in zijn handpalm nam en er nog harder in kneep.

Zijn duim streelde mijn tepel door mijn blouse en bh heen.

In mijn buik voelde ik zijn pik kloppen.

Moeilijk en heet.

Terwijl ik nog steeds met mijn linkerhand de achterkant van zijn nek vasthield, schoof ik mijn rechter tussen ons in en sloeg mijn jeukende vingers om zijn pik, net onder de kruin.

Vervolgens streek ik met mijn duim heen en weer over de punt en verspreidde de dunne vloeistof daar.

Nog meer grapjes maken over de spleet.

Robert beet opnieuw op mijn onderlip en sleepte hem naar zijn mond waar hij erop zoog.

Hij draaide het met zijn tong.

Toen bedekte hij mijn lippen weer met de zijne.

Mijn tong uitnodigen om te dansen.

Hoe meer hij me kuste, hoe meer hij gromde.

Hoe meer hij me kuste, hoe meer ik tegen hem aan golfde.

Het zweet vormde zich in mijn nek onder mijn vingers.

Ik voelde het ook tussen mijn schouderbladen.

Opnieuw trok hij zich terug, maar alleen in onze mond.

Hij legde zijn voorhoofd tegen het mijne, zijn adem heet op mijn gezicht.

Ik bleef met zijn pik spelen, terwijl mijn linkerhand nu achter me rustte.

"Jij... bent... een... speelse... slet," hijgde hij, deinsde terug en kuste me zachtjes.

Toen hij zijn hand onder mijn rok over mijn dij schoof, liet ik los en moest mijn andere hand ook achter me leggen ter ondersteuning.

Toen was ik degene die op haar onderlip beet omdat haar vingers verder naar binnen streken.

"Shit!" Mijn hele lichaam trilde toen zijn knokkel tegen mijn met panty bedekte poesje streek.

' Je bent gevoelig,' grinnikte hij.

Hij streek met zijn lippen langs mijn mondhoek en sloeg me nog drie keer met zijn knokkels.

Bij elke klap drukte hij harder.

"Mmm. Erika?"

"Eh wat?" Ik knipperde met mijn ogen en probeerde te slikken.

"Je bent zo nat, lieve slet."

Mijn armen begaven het en ik viel met een grom achterover op het bureau.

Ik voelde een vinger de buitenkant van mijn poesje onder mijn slipje strelen en mijn ogen rolden terug.

Mijn mond viel open en mijn stem stokte achter in mijn keel.

'Je bent zo rijk,' mompelde hij.

In mijn perifere zicht zag ik Robert verdwijnen.

Een seconde later liep er iets nats langs mijn kutje.

Uiteindelijk schreeuwde ik, beseffend dat het zijn tong was.

Toen was hij aan het koeren.

Mijn rug krommen.

Mijn heupen draaien.

Ik sloeg met mijn handpalmen tegen de papieren die onder me verspreid lagen.

Beneden had hij mijn slipje uitgetrokken en viel mij aan met een arsenaal aan lippen, tanden en tong.

Maar nooit iets indringends.

En toch smeekte mijn lichaam daar stilletjes om.

Iets alles...

Nou ja, niet zomaar iets.

Ik wilde zijn pik, maar voorlopig zou ik genoegen nemen met een paar vingers.

Hij kon mijn gedachten echter niet lezen.

En helaas kon ik de woorden niet vinden om het hem rechtstreeks te vertellen.

Mijn andere schoen viel op de grond toen hij mijn enkel vastpakte en mijn been omhoog en naar buiten hield .

Ik kronkelde nog meer bij het gevoel dat hij mijn clitoris sloeg en omcirkelde met wat waarschijnlijk zijn duim was.

En ik gilde zelfs toen hij langzaam mijn poesje op en neer likte.

Ik plaag mijn strakke, gevoelige bilring even voordat ik opnieuw begin.

Ik mompelde een reeks krachttermen, afgewisseld met zuchten.

Hij kreunde en liet mijn been los nadat hij het over zijn schouder had gelegd.

Een seconde later voelde ik een paar van zijn vingers langs hetzelfde pad glijden dat zijn tong had afgelegd voordat hij in mij drukte.

"Robert!"

Mijn handen balden zich langs mijn lichaam, mijn hele lichaam kronkelde op het bureau.

Gevangen tussen proberen weg te komen van zijn aanraking en proberen zijn hand te volgen terwijl hij zich begon terug te trekken om vervolgens weer te stoten.

Verschillende dingen kletterden terwijl ze daarbij van het bureau vielen.

Zijn diepe, responsieve lach vertelde me dat ik de gewenste reactie had gekregen.

Hij ging in hetzelfde tempo door en plaagde en verdraaide de verlangens in mij.

Elke keer dat mijn been begon te glijden, pakte hij de achterkant van mijn knie in de holte van zijn elleboog en plaatste die terug op zijn schouder.

Het duurde niet lang voordat ik arriveerde, hijgend en zijn naam vervloekend.

Ik rolde mijn hoofd heen en weer op het bureau.

Nu klemt hij zijn hand vast en laat hij hem los op zijn haar.

De ander masseerde afwezig mijn borst door mijn blouse heen, zoals ze altijd deed als ze alleen was.

Een paar minuten later waren mijn gedachten nog steeds wazig.

Ademen was een hele klus.

Ik was me ervan bewust dat hij zijn voet liet zakken, maar ik kon mijn benen niet sluiten omdat hij nog steeds tussen mijn dijen stond.

Hij bewoog een paar seconden heen en weer voordat zijn vingers mijn gevoelige onderlip streelden, waardoor ik huiverde.

Daarna ging hij weer met pensioen.

Even later tilde hij mijn hoofd vlak onder mijn oor op, waarbij zijn duim de bovenkant van mijn jukbeen streelde.

De zoete geur van mijn vertrouwde sappen bereikte mijn neus.

"Erika?"

Ik mompelde iets... Ik opende even mijn ogen en zag zijn gezicht voor het mijne staan.

Klemde hij zijn kaken op elkaar?

"Wil je nog meer?"

Deze keer knipperde ik.

Hij likte mijn lippen.

Ik probeerde iets te zeggen, maar knikte uiteindelijk.

Hij liet een zacht grom horen.

"Zeg het."

Mijn kutje balde zich en mijn ogen waren even gefocust.

Mijn stem klonk schor toen ik sprak.

"Ja. Neuk me, Robert."

Zijn eigen ogen leken te stralen.

Hij haalde diep adem en gaf me een kort knikje.

Terwijl ik zijn hand op mijn wang hield, voelde ik hoe hij met zijn linkerhand mijn slipje weer opzij duwde voordat zijn pik mijn kutje raakte.

Naar voren gedrukt.

Hij heeft het in mij gestopt.

We gromden tegelijk terwijl hij naar binnen gleed.

Langzaam rek ik me centimeter voor centimeter uit.

En toen rustte zijn kruis tegen de mijne.

Hij gaf een snelle beweging met zijn heupen en ging iets dieper naar binnen, waardoor mijn nek naar achteren boog en mijn handen omhoog schoten om zijn armen vast te pakken.

Ik spinde toen hij zich terugtrok en weer naar voren duwde.

Hij versnelde een beetje.

Jouw ritme bepalen.

Mijn onregelmatige ademhaling werd steeds gespannener.

Ik kon niet stoppen met het likken van mijn lippen.

Zo dichtbij.

Hij was weer zo verdomd dichtbij .

Zijn linker onderarm rustte op mij, zijn vingers streken door mijn haar.

Ik draaide mijn hoofd naar zijn aanraking en sloot mijn ogen.

Kreunend terwijl zijn andere hand mijn borst of heup door mijn kleding heen streelde.

"Kom voor mij klaar."

Hij drukte zijn lippen op mijn voorhoofd, pakte mijn knie vast en sleepte die weer naar zijn heup.

Mijn rug kromde zich in een kramp bij zijn woorden.

Mijn mond viel open van de manier waarop hij mij doelbewust streelde, zowel vanbinnen als vanbuiten.

Hij bleef me over die klif duwen.

Ernaar gluren.

En toen wurgde ik zijn naam, verstijfd voordat mijn lichaam naar rechts en vervolgens naar links draaide.

Hij mompelde woorden die hij nog nooit eerder had uitgesproken... hij wist waarschijnlijk niet eens wat ze betekenden.

Het waren waarschijnlijk niet eens echte woorden.

'God, je bent zo mooi, Erika.'

Roberts hijgen werd nog moeizamer.

De geluiden die hij maakte waren bedwelmend.

Ze lieten me onder hem kronkelen.

Ik denk dat ik voor de tweede keer kwam, of was het een derde?

Voordat je hem gespannen voelt.

Hij duwde harder.

En toen gromde hij mijn naam voordat hij zijn lichaam op de mijne liet vallen.

De warmte van zijn lichaam sijpelde door de lagen van onze met zweet gedrenkte kleding.

Zijn hart klopte net zo wild als het mijne tegen mijn borst.

Of misschien was het mijn gevoel.

Toen drukte zijn hand lichtjes in mijn haar, terwijl zijn duim afwezig mijn voorhoofd streelde.

Ik wisselde tussen het inslikken van lucht en het likken van mijn lippen.

Ik streek met mijn hand op en neer langs de achterkant van zijn linkerarm, die hij na zijn vrijlating in mijn zij had gestopt, zodra ik voldoende hersteld was om me te herinneren wie we waren... waar we waren.

Een naschok schudde mijn onderrug, waardoor mijn ledematen trilden.

Mijn kutje balde zich en zijn pik trilde in mij.

We kreunden allebei.

Hij tilde zijn gewicht van me af, kuste me zachtjes voordat hij helemaal opstond.

Ik beet op mijn lip tegen een nieuwe spasme terwijl hij zich volledig terugtrok, blij dat ik nog steeds het bureau onder me had ter ondersteuning.

Gebiologeerd keek ik naar de man die ik sinds dag één op mijn radar had.

Het viel me op dat hij hier al over had nagedacht sinds hij voorbereid was, terwijl ik zag hoe hij het gebruikte condoom verwijderde, het in een paar tissues wikkelde en het pakje in mijn prullenbak gooide.

Hij stond voor me terwijl hij zijn pik wegstopte en zijn broek aantrok.

Ze verwachtte dat hij klaar zou zijn met het repareren van zijn kleren en misschien zijn hand door zijn ietwat warrige haar zou halen.

Maar ik was verrast toen hij naar me glimlachte en een hand achter mijn schouder legde om me te helpen positioneren.

Opstaan.

Hij nam mijn gezicht met beide handen en kuste me zachtjes.

Toen deed hij een stap achteruit en hield zijn hoofd schuin terwijl hij met mijn haar speelde.

Hij trok mijn shirt over mijn schouders en streek met zijn handen langs de voorkant over mijn borsten.

Hij trok mijn rok recht met een andere hand op mijn kont, waardoor ik als een dwaas begon te trillen en te glimlachen.

'Je bent weer toonbaar.'

Zijn stem was heel zacht.

En zijn scheve glimlach en heldere ogen verraadden dat hij waarschijnlijk ook nog steeds van de adrenaline afkwam.

Toen ik zeker was van mijn evenwicht, gebruikte hij mijn voeten om mijn hielen omhoog te draaien en ze in de goede richting te wijzen, zodat ik de schoenen weer kon aanschuiven.

Afwezig streek ik met mijn handen over mijn lichaam, van tieten tot kont, om er zeker van te zijn dat alles goed aanvoelde, alsof hij het niet zelf had gedaan.

Toen richtte ik mijn blik op mijn bureau en fronste mijn wenkbrauwen.

Mijn te grote spreadsheet was verfrommeld.

Er was een wirwar van karakters die op een vreemde taal leken op het computerscherm.

En de nietmachine en de potloodemmer ontbraken.

Ik was tenminste slim genoeg geweest om mijn rapport te bewaren voordat hij mij verleidde.

De bovengenoemde items verschenen plotseling weer met twee grote mannenhanden naast mijn computer.

Dat was het geluid dat hij eerder had gehoord.

Bijna in slow motion hief ik mijn hoofd op en bekeek hoe goed het op maat gemaakte vest hem paste voordat ik zijn donkere blik vasthield.

Een hele tijd keken Robert en ik elkaar aan.

Zijn mondhoek was nog steeds gebogen.

Ik merkte dat mijn hartslag nog steeds tekeer ging.

Nadat ik blindelings achter mij reikte, vond ik een van de armleuningen en zette de stoel weer op zijn plaats.

Pas toen ik rechtop ging zitten en me omdraaide om het gebrabbel uit te wissen dat op de computer was getypt, sprak hij.

"Wat ben je aan het doen, Erika?"

Ik keek een paar keer heen en weer tussen hem en de monitor.

'Ik ben bezig met het afronden van mijn rapport dat je onderbrak. Het moet dinsdagochtend klaar zijn en ik neem het dit weekend niet mee naar huis.'

Hij trok aan de manchetten van zijn overhemd en de uiteinden van zijn vest voordat hij in dezelfde bezoekersstoel ging zitten als voorheen en zijn rechterknie over zijn linkerknie kruiste.

"Eh, wat ben je aan het doen, Robert?"

Hij paste de knoop van zijn kenmerkende stropdas zo aan dat deze dichter bij zijn nek zat en vouwde vervolgens zijn handen in zijn schoot.

'Ik wacht tot je klaar bent met je rapport.'

Ik trok een wenkbrauw op.

"Zodat?"

Robert schonk me een elegante glimlach.

' Om haar mee uit eten te nemen natuurlijk, voordat we dit in een comfortabelere omgeving voortzetten voor de scan van de achterkant. Als u dat leuk vindt, mevrouw Sanders.'

Met een sprong in mijn pols en een spiertrekking in de hoek van mijn eigen lippen keerde ik terug naar mijn monitor.

'Heel goed, meneer Gonzalez. Over ongeveer vijf minuten bent u hier klaar.'

EINDE

www.ingramcontent.com/pod-product-compliance
Lightning Source LLC
LaVergne TN
LVHW101948220826
846093LV00006B/147

* 9 7 9 8 2 2 3 7 6 0 7 6 4 *